# Das Gesetz der großen Zahlen

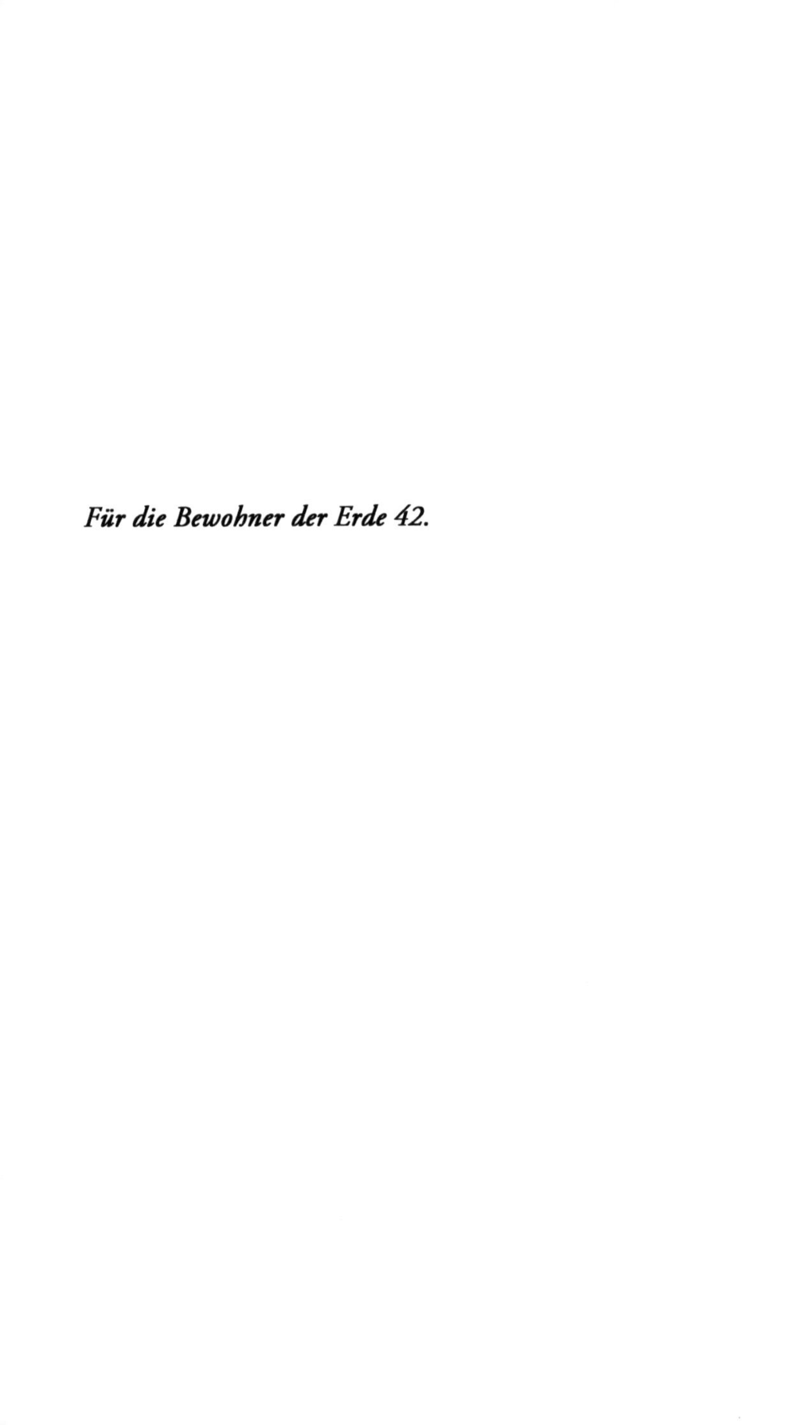

*Für die Bewohner der Erde 42.*

Alexander Adrian Wallis

# Das Gesetz der großen Zahlen

Der folgende Roman und seine Handlung sind frei erfunden.
Alle Ähnlichkeiten zu lebenden Personen sind rein zufälliger
Natur.

*Bibliografische Information der Deutschen Nationalbibliothek:
Die Deutsche Nationalbibliothek verzeichnet diese Publikation
in der Deutschen Nationalbibliografie; detaillierte bibliografische
Daten sind im Internet über http://dnb.dnb.de abrufbar.*

*© 2019 Alexander Adrian Wallis*

*Umschlagmotiv und Cover: Alexander Adrian Wallis*
*Herstellung und Verlag: BoD – Books on Demand, Norderstedt*

*ISBN: 978-3-749-43648-4*

# I

# Anna Gerowski

Der Einfallswinkel des Sonnenlichtes auf der Dachterrasse entsprach nicht jenem der darunter liegenden Stadt. Als würde die Welt des Pärchens von zwei ebenbürtigen Lichtquellen, die leicht versetzt am Himmel stehen, erhellt. Ein Effekt, der in Immobilienmagazinen oft zum Einsatz kam. Anna blätterte einige Seiten weiter. Noch einmal das Pärchen in Nahaufnahme. Die beiden unterhielten sich auf einem Balkon. Darunter lag das Dächermosaik Wiens. Die Schlieren im Rotweinglas der Dame zogen so klare Konturen, dass sie an Torbögen erinnerten. Die Effekte waren dezent eingefügt worden und bezeugten die vielen Arbeitsstunden, die von den Grafikern in die Erstellung des Magazins gesteckt worden waren. Anna blickte auf die Uhr am Bildschirm. Um elf Uhr musste sie am Schwedenplatz sein.

Sie schlug das Immobilienmagazin zu, faltete es und schob es in ihre Tasche.

»Computer, bestell ein Auto. Das übliche Modell. Elegant. Schwarz. Mit verspiegelten Fenstern. Hohes Preissegment. In zehn Minuten.«

Anna schlüpfte in ihre Schuhe und platzierte ihre Sonnenbrille im Haar.

»Kann ich Ihnen ein Taxi bestellen, Frau Direktorin?«, fragte der Sekretär, als Anna aus ihrem Büro trat und den Vorraum durchschritt.

»Danke Alan, nicht nötig. Sagen Sie bitte alle Termine für heute ab. Ich bin telefonisch erst morgen wieder zu erreichen.«

Das Auto wartete vor der Tür des Firmengebäudes und öffnete die rechte Türe, als Anna aus dem Schatten der Eingangshalle trat.

»Zur Rotenturmstraße Ecke Schwedenplatz über die Triester Straße und den Gürtel. Durch die Bezirke dreiundzwanzig, fünfundzwanzig, einunddreißig, zehn und drei.«

»Die schnellste Route wurde berechnet«, bestätigte die weiche Männerstimme des Autos.

Auf der Windschutzscheibe erschien eine transparente Karte der Stadt, die von einer grünen Linie durchzogen war, deren Verlauf das Firmengebäude mit dem angegebenen Ziel verband. Anna betrachtete die Karte und zog die errechnete Strecke mit ihrem Finger vom Gürtel, einer der Hauptverkehrsachsen der Stadt, in ein Wohngebiet. Dem Einbahnsystem folgend, fügte sich die Linie mäandernd dem Gewirr kleiner Straßen. Anna betrachtete den weitläufigen Umweg und sank zufrieden in den Sitz. Sie wies das Auto an, die Scheiben weiter zu verdunkeln.

Während der Fahrt zum Gürtel sah Anna kaum Menschen. Die Straße glich einer Allee, die anstatt von Bäumen mit exzentrischer Architektur namhafter Weltkonzerne gesäumt war. Erst als das Auto in die kleinen Gassen der Wohnsiedlung bog, veränderte sich das Stadtbild merklich. Abgestandene Wohnhausanlagen befanden sich an beiden Seiten der engen Gassen. Jeder Blick in deren Fenster gab die Einförmigkeit des Lebens schonungslos preis. An den Straßenecken sah Anna kleine Gruppen von Männern, die dem Training ihres Körpers augenscheinlich viel Bedeutung beimaßen. Ein Kahlköpfiger, der zwei prall gefüllte Einkaufssäcke in Händen hielt, blieb am Gehsteig stehen und sah dem Auto mit demonstrativ angespannter Miene nach. Anna glaubte, er würde ihr direkt in die Augen blicken. In den Sackgassen spielten einige Kinder unter der Aufsicht von Eltern, die im Schatten der wenigen Bäume vor der brütenden Hitze Zuflucht suchten.

Anna war nicht weit von hier aufgewachsen. Sie konnte sich an ihre Kindheit in dem Straßengeflecht gut erinnern. Sie kannte die Straßen und die Hausfassaden, die tagsüber die Hitze des Sommers aufsogen, um die Restwärme, gleich einem Reaktor, bis weit in die Nacht hinein abzustrahlen. Die Kinder schliefen gut, doch die Eltern schlurften, klebrig vor Nachtschweiß, in die Küche, um zu viel kaltes Wasser zu trinken. Wasser, das kurz nach dem Einschlafen wieder ausgeschieden werden musste. Erneutes Aufstehen. Anna kannte die Stimmungsschwankungen, die in den nicht klimatisierten Räumen wie Waldbrände aufflammen konnten und dann ganze Nächte verzehrten. Sie kannte aber auch die glückliche Resignation, die sich in den letzten Ausläufern des Sommers manchmal breitmachte.

In den letzten Jahrzehnten war Anna kaum in diesen Gassen gewesen. Ihre Eltern lebten inzwischen in einem Heim am Stadtrand und hatten Anna sowohl die Wohnung in einem Nobelbezirk als auch das Wochenenddomizil, das nur fünfzig Kilometer entfernt in einem kleinen Vorort lag, überlassen. Die meisten ihrer damaligen Freunde waren wie Anna während der Schulzeit von hier weggezogen. Der Stadtteil war seit damals zunehmend verkommen. Mit den Einkommensschwachen kamen die ersten leerstehenden Läden und den ersten beschmierten Hauswänden folgten zerschlagene Fensterscheiben. Mit all dem verdüsterten sich die Mienen, es hielten Machos, Aggression, Einfältigkeit und Gestank Einzug in die Gassen. Das schrieben zumindest die Zeitungen. Der Stadtteil war einer der Vorzeigebezirke des gesellschaftlichen Abstiegs. Anna bekam von dem nun nichts mehr mit. Sie saß in einer Kapsel, die sie sicher durch die Brutstätten der nächsten Randale chauffierte. Mit dem Gefühl, alles über diese Straßen und deren Niedergang zu wissen, verlor Anna das Interesse daran, die Einfältigkeit, die offenen Münder und das Gaffen weiter zu beobachten. Ein knappes »über den Gürtel« genügte, um das Auto wieder auf die ursprünglich berechnete Strecke zurückkehren zu lassen. Die Anzahl der dilettantischen Graffiti nahm ab und wurde wenige hundert Meter weiter vom Messing opulenter Türschilder abgelöst. Gentrifizierung macht alles vorhersagbar und zieht klare Grenzen. Man weiß, wohin man nicht gehen muss. Das Sonderbare daran war nur, dachte Anna, dass sich nicht vorhersagen ließ, wo sich der nächste Niedergang ereignen würde. Armut war wie Tinte auf einem Löschpapier, die sich ausbreitete und ineinanderfloss. Sie war in der glücklichen Lage, ein Inseldasein in diesem Tintenmeer zu führen. Die Herausforderung der nächsten Jahre bestand darin, diesen Status zu verteidigen.

Um zehn Uhr zweiundfünfzig bog das Auto in die Rotenturmstraße ein. Nachdem Anna ausgestiegen war, entfernte sich das Fahrzeug geräuschlos. Anna drehte ihren Kopf mit geschlossenen Augen Richtung Sonne und genoss die Wärme, die bis tief in ihre Augenhöhlen spürbar war. Die Glasfassaden der umliegenden Gebäude spiegelten das Sonnenlicht und warfen es in die zahllosen Winkel zwischen den Häusern, um die Schatten aus den letzten Ecken zu treiben. Eine unerwartete Ruhe lag zwischen den Gebäuden. Bis kurz vor elf waren alle Menschen in ihren Büros eingetroffen und der Hunger war noch nicht groß genug, um die Straße wieder mit Leben zu füllen. Ein Moment der Stille in der Innenstadt war eine ausgesprochene Seltenheit, der auch Anna kurz innehalten ließ. Doch nicht zu lange. Sie besann sich des Immobilienmagazins, das sie während der Fahrt weiter durchgeblättert hatte, in ihrer Hand. Deswegen war sie hier. Die Sonne würde sie ein anderes Mal in sich dringen lassen können.

Anna überquerte die Straße und betrat die internationale Konzernzentrale von »WWS«. Der erste Eindruck war enttäuschend. Im Gegensatz zu der Firma, für die Anna arbeitete, war WWS offensichtlich nicht bemüht, die Eingangshalle als einen Erlebnisraum des Unternehmens möglichst einladend zu gestalten. Im Wartebereich fielen Anna gleich mehrere Änderungen ein, die dem Raum etwas von seiner Schäbigkeit hätten nehmen können: ein Wasserspender neben der Ledercouch, ein Gemälde an der Wand hinter dem Empfang und eine Vase auf dem ausgefransten Teppich. Eine desinteressierte Empfangsdame starrte auf einen Monitor und bewegte rhythmisch das Rad ihrer Maus. Die Geschwindigkeit, mit der sie scrollte, war mit dem Lesen eines Textes inkompatibel, sodass sich Anna der Verdacht aufdrängte, dass die Person gelangweilt durch Bildergalerien stöberte. Anna knallte ihre Absätze noch bestimmter auf den Boden, doch die Dame wollte nicht von ihrem Monitor aufblicken. Erst als Anna direkt vor ihr zu stehen kam, löste sie ihre Augen von dem Bildschirm und sagte in süffisantem Ton: »Was darf ich für Sie tun, Frau Dr. Gerowski?«

»Ich habe einen Termin mit Dr. Daniel Craemer.«

»Natürlich, Frau Dr. Gerowski. Ihr Mann – ich nehme an, Frank Sahlen ist Ihr Mann – ist bereits eingetroffen und erwartet Sie im ersten Stock. Sie gelangen mit dem Lift oder über die Stiegen zu ihm. Ganz wie Sie wollen. Fragen Sie oben einfach irgendwen nach Daniel Craemer. Darf ich Sie bitten, hier zu unterschreiben?«

Anna sah die Dame verdutzt an und setzte ihre Unterschrift mechanisch in ein Feld, welches mit einem Kreuz markiert war, ohne das Gedruckte auch nur ansatzweise gelesen zu haben. Im Lift ärgerte sie sich, die unfreundliche Person nicht gemaßregelt zu haben.

# Daniel Craemer

»Da bist du ja! Wunderbar. Darf ich vorstellen: Meine
Frau Anna Gerowski. Anna, das ist Dr. Daniel Craemer.« Frank konnte seine Freude nicht unterdrücken
und lief Anna, die den Gang vom Lift kommend durchschritt, mit offenen Armen entgegen.

»Frau Dr. Gerowski! Es ist mir eine Ehre. Mein Name ist Daniel Craemer. Ich leite den Laden hier in
Wien. Ich bin sehr erfreut, Sie persönlich kennenzulernen, und möchte Ihnen im Namen von WWS danken,
dass Sie unsere Dienste in Anspruch nehmen. Darf ich
Sie beide bitten, mir zu folgen?«

Craemer öffnete eine schwere Holztür, deren Tür-
knauf in Schulterhöhe angebracht war. Dahinter lag ein
großzügiger, offener Raum. In der Mitte befand sich ein
etwa vier Meter langer Holztisch, auf dem ein Monitor

stand. Gegenüber dem zwei Meter hohen Fenster ruhte ein massives Bücherregal, dessen Unordnung auf eine aktive Leserschaft schließen ließ. Der Parkettboden schien auf jeden Schritt mit einem knarrenden Geräusch zu antworten. Anna war froh, nicht den üblichen Startup-Kram der Hightech-Firmen zu sehen. Sie nahmen Platz.

Daniel Craemer stellte sich erneut vor und vergewisserte sich, ein weiteres Mal, dass weder Anna noch Frank eine Tasse Tee wollten. Danach bat er die beiden, einen Vertrag zu unterschreiben. Alles, was nachfolgend gesagt würde, müsse mit strengster Vertraulichkeit behandelt werden. Anna und Frank hatten vorab eine Zahlung von vier Monatsgehältern überwiesen und würden als Leistung eine genaue Darstellung der von WWS angebotenen Dienste erhalten. Sollten sie sich dazu entscheiden, etwaige weitere Dienste in Anspruch zu nehmen, würde diese Anzahlung von den entstehenden Gesamtkosten abgerechnet. Nach dem – für ihn offensichtlich mühsamen – Aufsagen der Formalitäten hielt Daniel Craemer kurz inne. Er faltete die Hände und blickte aus dem Fenster.

»Sie haben eine gute Wahl getroffen, sich an WWS zu wenden«, begann er. »WWS arbeitet mit einem globalen Netzwerk an Kunden und assistiert diesen in diversen Entscheidungsprozessen. Wir sind aus der klassischen Unternehmensberatung heraus entstanden und haben diese durch den Einsatz neuester Technologien überflügelt. Wir setzen auf firmeneigene Innovationen, um Konzerne und politische Entscheidungsträger zu beraten. Neuerdings stellen wir unser Service auch einem ausgewählten Kreis an Privatkunden zur Verfügung. Sie, Frau Dr. Gerowski, Geschäftsführerin eines der bedeutendsten Generikaherstellers der Welt, und Sie, Herr Sahlen, einer der wichtigsten, aufstrebenden bildenden Künstler, als potenzielle Kunden begrüßen zu dürfen, erfreut mich überaus.«

Mit einer flüchtigen Handbewegung instruierte Craemer den Monitor, sich näher zu ihm zu bewegen. Er strich mit der Hand über die kalte Oberfläche und es erschien ein Dokument mit einer Tabelle, in der Zeiten in der linken und Personennamen in der rechten Spalte angeführt waren. »Ich habe mir erlaubt, eine Agenda zusammenzustellen. Im Laufe des Tages werden Sie eine Reihe von Personen kennenlernen, die Ihnen die Arbeitsweise und das Produktportfolio unserer Firma näherbringen werden. Betrachten Sie diese Agenda als ein Angebot. Verweilen Sie länger oder kürzer, je nach Ihrem Belieben. Ich werde stets auf Abruf bereitstehen und Ihnen jedwede Frage zu unserem Unternehmen bestmöglich beantworten.«

Daniel Craemer stand auf und verließ den Raum, um den nächsten WWS-Mitarbeiter zu holen, der den potenziellen Kunden die Arbeit der Firma weiter auseinandersetzen sollte.

Anna beugte sich zu Frank: »Das ist ja wie in einem Bewerbungsgespräch. Eine Agenda. Treffen mit unterschiedlichen Leuten. Was soll das?«

»Ach was«, entgegnete Frank. »Mir ist das durchaus recht so. Du brauchst im Übrigen nicht zu flüstern.

Wenn sie uns belauschen, können sie dein Flüstern ohnedies problemlos verstehen. Wir brauchen uns nicht zu verstellen.«

Frank lehnte sich entspannt in den Sessel und betrachtete den Bildschirm. »Georg Buckner. Den Namen kenne ich von irgendwo her. Hat der nicht einen Wissenschaftsblog?«

# Georg Buckner

Junge Menschen einzustellen ist für ein Unternehmen lukrativ. Die Berufseinsteiger sind in der Regel gut motiviert und stellen weniger Ansprüche als die Altgedienten. Anna mochte die junge Garde in ihrem Unternehmen dennoch nicht. Sie war selbst knapp über vierzig und empfand in der Regel Verachtung für alle, die unter dreißig waren. Ihr Streben nach Sinn und Zufriedenheit kam ihr nicht authentisch vor. Sie wusste, dass sie im Kern von der Ökonomie dirigierte Menschen waren, an denen die Sinnfrage abperlte, sobald sie genug verdient hatten, um wie eine Made im Speck zu leben. Dann reduzierte sich das Leben in der Regel auf die triviale Einsicht, dass es seit Jahrtausenden um Ressourcenallokation ging. Die oberflächliche und zahnlose Kapitalismuskritik der jungen Generation empfand sie als lächer-

lich und naiv. Der Traum, eine globale Gemeinschaft
des Teilens zu etablieren, die von Altruismus und friedvollem Dialog geprägt wäre, war so unrealistisch, wie an
jedem Platz der Welt zeitgleich Schönwetter zu fordern.
Anna mochte jedoch die wenigen Abgebrühten und die
Zyniker unter den Jungen. Georg Buckner war ein solcher. Er betrat den Raum, in dem Anna und Frank mit
zusammengesteckten Köpfen saßen, und stellte sich als
»ewiger Doktorand mit dem Gehalt eines Direktors«
vor.

»Mir wurden bereits in der Grundschule außergewöhnliche mathematische Fähigkeiten attestiert. Das
Überspringen zweier Klassen ließ mich zum Mobbing-Opfer, aber auch zu einem kühlen Pragmatiker werden«,
sagte Buckner bevor er vor den beiden Platz nahm.

»Grundsätzlich ist in dieser Firma jeder ersetzbar, bis
auf mich! Ich habe nichts mit Marketing oder dem Designkram zu tun. Ich entwickle Algorithmen und analysiere Welten. Bei mir laufen die Fäden zusammen. Ich
leite die gesamte wissenschaftliche Abteilung bei WWS
und das schon seit fast zehn Jahren. Ich mag Ihnen jung
erscheinen. Ich bin aber ein alter Haudegen hier drin.«

»Sie sind Doktorand?«, fragte Anna ungläubig.

»Ja«, entgegnete Georg Buckner, »und ich werde diesen Status auch nicht ändern. Das bringt erhebliche
Vorteile. Kinokarten und Konzertkarten sind bedeutend
billiger. Und was kümmert mich eine Abschlussbescheinigung einer Universität, die mir in meinem Fach nichts
beibringen kann.«

Die Kaltschnäuzigkeit erschien Anna interessant. Buckner blinzelte und lächelte zwischen den Bissigkeiten. Er musste zweifellos einen Nimbus der Unantastbarkeit in der Firma besitzen und trug dies offensiv zur Schau.

»Ich möchte Ihnen nun skizzieren, was wir hier machen. Sie sind, wie ich von Daniel Craemer erfahren habe, über persönliche Empfehlung eines Bekannten, der vormalig mit WWS zusammengearbeitet hatte, zu uns gekommen. Sie sind an Vorhersagen und Modellierung interessiert und wollen Entscheidungshilfen von uns. Wie Daniel bestimmt erwähnt hat, kommt WWS aus der Unternehmensberatung. Wir haben unsere Dienste vor allem im Bereich der Politikberatung ausgebaut und wollen nun den Privatkunden-Markt erschließen. Wir bieten, wie Sie bestimmt wissen, Modelle an. Simulationen von Alternativszenarien, aus denen wir die wahrscheinlichsten Entwicklungen, die für unsere Kunden relevant sind, mittels statistischer Verfahren ableiten. Wir sind wie Hellseher und Wahrsager. Nur verwenden wir keine Kristallkugeln, sondern Rechensysteme. Und im Unterschied zu denen, die ihre Kugeln befragen, treffen unsere Vorhersagen in der Regel zu! So genau wie der Wetterbericht für die nächste Woche. Haben Sie dazu Fragen?«

Anna und Frank schüttelten die Köpfe. Buckner stand auf und schloss die raumhohen Fensterläden, sodass ein angenehmer Schatten den Raum erfüllte. Mit großen Pupillen saßen Anna und Frank vor Buckner, der wieder vor ihnen Platz genommen hatte. »Wir können Millionen, Milliarden, ja selbst Trilliarden an Welten simulieren. Aus all den Weltlinien leiten wir Trends und Muster ab, die wir, gemäß ihrer Wahrscheinlichkeit, an unsere Kunden weitergeben. Wir können an einigen Parametern drehen und die nahe und mittlere Zukunft – ich spreche von Tagen bis Dekaden – mit erstaunlicher Genauigkeit vorhersagen. Am interessantesten sind jedoch die Welten, die der unsrigen am ähnlichsten sind. Wir können Veränderungen einführen und zusehen, wie sich diese kleinen Verwerfungen auswachsen. Doch um Ihnen all das begreiflich zu machen, möchte ich Ihnen einen Ausflug in einige Simulationen anbieten. Am besten Sie sehen selbst.«

Buckner lehnte sich zurück und wies den Computer an, das Demoprogramm zu starten. In der Mitte des Tisches erschienen drei flimmernde Hologrammkugeln. Die Sphären drifteten auseinander, wuchsen in ihrer Größe und umhüllten alsbald die Köpfe der drei.

»Zuerst besuchen wir die Erde 1998901«, sagte Buckner, »unserem Wien, beim Start der Simulation, zum Verwechseln ähnlich. Der Ausgangspunkt dieser Welt liegt zehn Jahre zurück. Wir haben die gleichen Gebäude simuliert. Die gleiche Anzahl an Einwohnern – wir sprechen von Statisten, oder simulierten Menschen – und die gleiche ethnische Zusammensetzung. Nur haben wir die Anzahl der durchschnittlichen Regentage pro Monat von neun auf vier reduziert und die Durchschnittstemperatur im Sommer um drei Grad erhöht. Sehen Sie sich an, wie sich die Stadt zu verändern beginnt.«

Anna und Frank fanden sich als passive Beobachter inmitten des geschäftigen Treibens der Mariahilfer Straße wieder. Doch im Unterschied zu der ihnen bekannten Einkaufsmeile waren die Gehsteige mit Palmen bepflanzt und an der Ecke Neubaugasse schleuderte ein Springbrunnen prächtige Fontänen in den wolkenlosen Himmel. Im knietiefen Wasser spielten Kinder Fangen und an den Fensterläden und Fassaden der umliegenden Häuser hing mediterranes Flair.

»Ist das nicht großartig?«, fragte Buckner, »wir können hier die ersten baulichen Adaptionen an das geänderte Klima mitverfolgen. Diese Anpassungen sind in der ganzen Stadt zu beobachten. Wir studieren die Auswirkungen des geänderten Klimas in unzähligen Bereichen des menschlichen Lebens. Der Fokus dieser Simulation liegt auf den makroökonomischen Implikationen eines sich schnell ändernden Klimas. In anderen Simulationen studieren wir etwa das Freizeitverhalten oder das gehäufte Auftreten gewisser Krankheiten im Zusammenhang mit einer erhöhten Durchschnittstemperatur.«

Erde 1998907 war spektakulär. Die Simulation sollte politischen Entscheidungsträgern und Stadtplanern dienen, den öffentlichen Nahverkehr der Stadt neu zu gestalten. Wien wurde von einem Gefäßsystem untertunnelt, durch das der Zu- und Abtransport von Gütern stattfand. Auch der öffentliche Verkehr war komplett in das unterirdische Netz verlegt worden. Die Straßen hingegen glichen grünen Bändern, die von einem Geflecht an Wurzeln, Myzelien und Gräsern durchzogen waren. Nur die Gehsteige waren asphaltiert. Darauf tummelten sich die Menschen. Die Mitte der Straßen jedoch schien dem Müßiggang zu gehören. Parkbänke säumten schmale Trampelpfade, die sich zwischen den Bäumen herumschlängelten und der Rastergeometrie der Straßenzüge nicht folgen wollten. Die Menschen saßen in kleinen Gruppen unter den schattenspendenden Bäumen und genossen die geruhsam durch die Gassen fließende Zeit. Das Demoprogramm ließ die drei durch die Erde sinken und sie fanden sich in einer Transportkapsel des öffentlichen Nahverkehrs wieder, die unter der Stadt in dem weit ausgebauten Tunnelsystem fuhr. An Verkehrsknotenpunkten öffnete sich der Blick und große Säulenhallen taten sich vor ihnen auf, in die Fahrzeuge, wie Projektile, aus den Röhren des Gefäßsystems in die fahl beleuchtete Weite schossen.

»Die Säulen sind so eng gesetzt, um die darüber liegenden Gebäude zu tragen«, erklärte Georg. »Ist das nicht prächtig? Es gibt hier keine Staus und keine unnützen Wartezeiten. Abertausende Verkehrsadern untertunneln die Stadt. Man kann diese Kapseln, die permanent durch das Netz fahren, einfach anfordern und wird sicher und fahrerlos zu jedem nur erdenklichen Ziel gebracht. Dieses System wurde komplett am Reißbrett des Wiener Stadtplanungsbüros entworfen. Die Simulation hilft zu verstehen, wie die Menschen das Konzept annehmen. Wir haben zehntausend Statisten sehr aufwendig simuliert und verfolgen deren Befindlichkeiten sehr genau. Die Anderen sind quasi statistisches Füllwerk, das sich an diesen zehntausend Individuen orientiert. Die Menschen fühlen sich in dieser Welt sehr wohl. Die Erkenntnisse sind für die weitere Gestaltung des Wiener Nahverkehrs von großer Wichtigkeit. Es gibt konkrete Pläne, einige der gewonnenen Erkenntnisse schon bald in Wien umzusetzen.«

Georg Buckner stoppte das Hologramm und richtete sich an Anna und Frank: »Diese Simulationen sind nur kleine Beispiele und ein erster Vorgeschmack. So etwas wie Fingerübungen. Ein Entwickler kann diese simplen Versionen binnen weniger Stunden implementieren und fünf bis zehn Dekaden können in etwa einem halben Tag durchgerechnet werden. Wir werten danach das Verhalten der simulierten Menschen, als auch alles, was sie schreiben, sagen und denken statistisch aus und können binnen weniger Tage mit den Ergebnissen der Analysen an unsere Kunden herantreten.«

»Faszinierend«, sagte Anna.

»Faszinierend wird die nächste Welt!«, rief Buckner. »Erde zweiundvierzig!«

Buckner zog eine Tastatur aus einer Tischlade. Am Monitor öffnete sich ein schwarzes Eingabefenster, auf dem die von Buckner eingegebenen Befehle erschienen. Seine Handbewegungen waren von einer tiefen Selbstverständlichkeit und Sicherheit, als bestünde die Tastatur aus nur einer Taste, die er drückte, um hinter seine Gedanken und seine Begeisterung ein akustisches Ausrufezeichen zu setzen. Nach der Eingabe der ersten Befehle startete das Demoprogramm erneut. »Diese Welt kann durchaus als Spielwiese der alternativen Geschichten aufgefasst werden. Sie ist der unseren sehr nah verwandt. Wir haben an die hundertzwanzig Milliarden

Menschen simuliert und die Welt mehrere hundert Jahre laufen lassen. Einige der großen Entwicklungen sind unserer Geschichte nachempfunden, doch in vielen Punkten haben wir Veränderungen eingefügt. Unser momentaner Fokus liegt auf dem Studium der Zentripetalkraft der Religionen und der politischen Ideologien, doch wir analysieren in dieser Welt auch viele andere Aspekte des menschlichen Zusammenlebens. Wir haben im Laufe der Geschichte der Erde zweiundvierzig immer wieder kleine Verwerfungen eingefügt. Viele haben sich zu wahrhaftigen Monstrositäten ausgewachsen. Da wir, wie schon erwähnt, viele Entwicklungen, technische Errungenschaften, große militärische Konflikte oder den Corpus der künstlerischen, philosophischen und wissenschaftlichen Literatur weitestgehend von unserer Welt übernommen haben, ist die Lebenswelt in der Simulation der unseren in manchen Fällen sehr ähnlich. Ich forsche momentan aktiv an dieser Welt. Sie hat unglaublich viel Schönes hervorgebracht. Die künstlerischen Leistungen ihrer Bewohner stehen jenen der unsrigen in nichts nach. Dennoch hat das bisschen Mehr an Dogmatismus und Strenggläubigkeit, das wir gegenüber dem Agnostizismus, der unsere Lebenswelt dominiert, die Oberhand gewinnen ließen, zu vielen negativen, gar dystopischen Entwicklungen geführt.«

Am Bildschirm erschien eine Weltkarte, auf der die Kontinente in einer Farbe erschienen.

»Hier sehen Sie die Verbreitung des Agnostizismus auf unserem Planeten. Eine Karte, die Ihnen wohl noch aus Ihrem Schulunterricht bekannt ist. Nach Jahrhunderten der religiösen Verirrungen hat sich mit der Moderne und dem Aufstieg der Naturwissenschaften ein verbindender Agnostizismus in allen Kulturen der Welt verbreitet. Wir messen dieser Tatsache in der Regel sehr wenig Bedeutung bei. Für uns ist klar, dass die Erkenntnisse der Wissenschaften alle alten Religionen im Kern delegitimiert haben. Doch nun sehen Sie hier.«

Buckner hob seine Hand und die nächste Grafik erschien am Monitor. Ein konfuses Farbengewirr überzog die Kontinente. Einige größere Flecken waren von kleinen Punktwolken durchsetzt. Mischfarben, Gradienten und Schattierungen waren zu sehen.

»Sehen Sie sich dieses undurchschaubare Sammelsurium an Farben an. Als hätte jemand versucht, mit allen Farben und Grafikeinstellungen, die dieses Programm zulässt, zu experimentieren. Doch diese Komplexität hat sich ergeben, da wir soziale Gruppen mehr an Religion gebunden haben, als dies in unserer Welt der Fall ist. Das hat zu einem regelrechten Kaleidoskop an Religionen geführt. Es gibt in dieser Welt momentan über viertausend Religionen, bei einem Technologisierungsstand, der jenem unserer Welt vor circa dreißig Jahren entspricht. Viele Religionen diffundieren nicht friedlich, sondern fressen sich wie Wundbrand in das Fleisch anderer Kulturen. Sie legitimieren oftmals Krieg und Zerstörung. Obwohl die Wissenschaften in der Simulation zweiundvierzig unzählige Fundamente der Religionen widerlegt haben, ist es mit der Moderne zu keinem Verschwinden der klassischen Religionsstrukturen gekommen. Wir haben religiöse Eifererkollektive geschaffen, die weiterhin religiös-doktrinäre Ideen predigen und bisweilen gewaltsam durchsetzen, obschon die breite Masse der Gesellschaft insgeheim weiß, dass die Lehren, denen die Eiferer anheimfallen, falsch sind. An diesem Zynismus, Handeln und Glauben wider besseres Wissen sind wir momentan wissenschaftlich interessiert. Wir studieren, wie weit sich die Spannung zwischen Wissenschaft und Dogmatismen innerhalb einzelner Gesellschaften aufladen kann, bis der doktrinäre Impuls weitgehend oder gar endgültig überwunden werden kann.«

Buckner ließ die Grafik am Monitor verschwinden und aufs Neue drifteten die Hologrammsphären auseinander, um einen neuen Weltinnenraum erscheinen zu lassen.

»Wo sind wir hier?«, fragte Frank, »das kommt Wien nicht im Entferntesten nahe.«

»Das ist der Sportplatz einer renommierten Schule in Kabul im Jahr 1963 nach Simulationszeitrechnung«, sagte Buckner.

Es musste Frühling sein. Frank drehte seinen Kopf in alle Richtungen und blickte um sich. Die Bäume waren noch nicht voll belaubt. Es schien ihm, als würden sie nach einem langen Winter gähnend alle Glieder von sich strecken, bevor sie, vollkommen ausgeruht, die Eintönigkeit des Schnees mit neuer Farbenpracht verabschieden. Weit hinter der Stadt lagen schneebedeckte Bergketten, die dem Wechsel der Jahreszeiten nur Unverständnis entgegenzubringen schienen. Auf einem Sportplatz, dessen Rasen zwischen zwei gegenüberliegenden Fußballtoren keine Zeit zur Regeneration zugestanden wurde, übten sich kleine Gruppen von Schülern in Leichtathletik. Die Jungs versuchten sich im Weitsprung, während die Mädchen den 100-Meter-Sprint trainierten. Gegenseitig wurden die Sportkleider kommentiert und gemustert. Wenn ein Sprung oder Lauf besonders gelang, wurde frenetisch geklatscht. Unter dem wallenden Haar der Mädchen wurde getuschelt, was dem Weitspringer, der sich aus dem Sandbunker erhob, ein verlegenes Lächeln auf dem Weg zu seinem Lehrer entlockte.

»Machen Sie sich bereit. Über fünfzig Jahre später. Die gleiche Schule«, sagte Buckner. Die Szenerie war ähnlich idyllisch. Frank betrachtete die gleiche Bergkette, die unbeeindruckt vor dem Wechselspiel der Jahreszeiten lag. Der schüttere Rasen hatte noch immer kein Mittel gefunden, sich des Getrampels zu erwehren. Jugendliche spielten Fußball.

»Auf den ersten Blick ist nichts anders. Außer der Bausubstanz, die offensichtlich nicht vor dem Verfall geschützt wird«, sagte Anna.

»Nicht ganz. Drehen Sie sich um.«

Anna und Frank drehten ihre Köpfe. Sie konnten in ein Klassenzimmer sehen, in welchem verhüllte Mädchen am Fenster standen und den Jungen, durch staubige Fensterscheiben, beim Fußballspielen zusahen. »Wie Sie sehen können, haben die Bewohner dieser Gesellschaft etliche Freiheiten eingebüßt – und das betrifft nicht nur die Schule, die Sie gerade sehen. Das ganze Land wird von einem fanatischen Regime beherrscht, das diese vormals liberale Gemeinschaft um Jahrhunderte zurückgeworfen hat und gewaltsam niederhält«, erklärte Georg Buckner.

»Das ist ja absurd«, sagte Frank. »Wer zwängt den Menschen so etwas auf?«

»In dieser Welt kommt es neben der unentwegten Genese neuer Religionen immer wieder zu Pendelbewegungen zwischen Perioden starker religiöser Bevormundungen und liberaler Zeiten. Es sind Resonanzschwingungen vollkommen haltloser und unbeweisbarer Lehren, denen die Menschen in dieser Simulation anhängen. Wir haben im Grunde nicht viel verändert. Diese Menschen haben den gleichen Hang zur Spiritualität wie wir, doch bei der Entstehung einer neuen Religion haben wir oftmals jene Strömungen siegen lassen, die stark anti-rationalistisch ausgerichtet sind. Diese Menschen hier glauben an eine Religion, die dem Islam, der in unserer Welt bis vor zweihundert Jahren weit verbreitet war, nachempfunden ist. Nach deren Gründung haben wir dem progressiven Flügel, namens Mu'tazila, einen stärkeren konservativen Flügel, die Asch'ariten, gegenübergestellt. In weiterer Folge kam es zu stark aufklärungsfeindlichen Strömungen, zu einem Feldzug gegen die Philosophie und einer verordneten Abkehr von der Wissenschaft. Die religiöse Indoktrination in diesem monotheistischen System ist ungeheuer effektiv. Zuvor haben wir mit einem anderen monotheistischen System, das dem Christentum weitestgehend nachempfunden wurde, ähnliche Experimente durchgeführt. Wir haben diese Strömung initial als gegenreligiöse Bewegung konzipiert und die Lehre später zur wirtschaftlichen und militärischen Expansion über den Globus ziehen lassen. Wie unter den Conquistadores ging damit unsägliches Leid einher, doch es war schlimmer als in unserer Welt: Ganze Kontinente wurden über Jahrhunderte hinweg geistig verfinstert. Und wenn eine Gesellschaft diese Religion überwunden hatte, etablierten unsere Algorithmen in der Regel rasch eine neue. Wir testen momentan eine monotheistische Hybridvariante, die Züge beider Großreligionen vereint und die wir schon bald in dieser Welt freisetzen werden. Doch Sie sehen schon jetzt: Die Fieberwellen der religiösen Bevormundung schwappen leidbringend über die Kontinente. Hunderte Millionen Statisten wurden in dieser Simulation im Namen des Glaubens getötet und dennoch schaffen es die Gesellschaften nur schwer, sich ihrer Religion zu entledigen, denn sie verleiht den Gruppen Identität und Kohäsion. Eine für uns sehr ungewöhnliche Funktion für Religion.«

»Wozu dient diese Simulation?«, fragte Anna, »Mir scheint, dass den Statisten ein vollkommen überzogener Charakterzug verliehen wurde.«

»Die Statisten verhalten sich sehr ähnlich wie wir. Wir haben an anderen Parametern gedreht. Aber darum geht es jetzt nicht. Die aktuelle Forschungsfrage, der wir in der Simulation zweiundvierzig nachgehen, wurde von den Vereinten Nationen vorgegeben. Seit einigen Jahren gibt es vermehrt Probleme mit religiös motivierten Straftaten, die von kleinen Sekten ausgehen. Die Vereinten Nationen wollen mit dieser Simulation zeigen, was passiert, wenn die Staatengemeinschaft nicht immer wieder korrigierend einschreitet und einen Wildwuchs an Extremismen rigoros unterbindet.«

# Frank Sahlen

Frank war vor dem Termin bei WWS nicht in seinem
Atelier gewesen, sondern hatte sich mit einem Mitarbei-
ter der TNGO Bank getroffen, um über die Details der
bevorstehenden Finanzierung zu sprechen. Er hatte
Anna gegenüber nichts erwähnt. Es waren überaus gute
Konditionen, die man ihm angeboten hatte. Auch die
Entscheidung, WWS zu involvieren, gefiel ihm sehr.
Während Buckner weiter über die zweifellos interessante
Welt zweiundvierzig referierte, schweiften Franks Ge-
danken ab. Er fühlte sich zunehmend sicher. Er verstand
wenig von computergestützten Vorhersagen oder Statis-
tik. Sein Metier war die Ästhetik – und diese simulierten
Welten waren seinem Urteil nach sehr gut gemacht.
Täuschend echt.

Frank konnte sich mit dem Gedanken anfreunden, tatsächlich die Erkenntnisse aus tausenden Simulationen heranzuziehen, um weitere Entscheidungen in seinem Leben zu treffen. Diese gewaltige Rechenleistung im Hintergrund vermochte es mit jeder Zukunftsangst aufzunehmen. Frank glaubte am Eingang eines Tempels zu stehen, in den er seine Fragen hineinrufen konnte. Er musste nur warten bis die Echos zusammenfanden und das Orakel ihm die Zukunft offenbarte. Er wurde sehr ruhig. Vielleicht hatte Anna mit dem Vorschlag, sich an WWS zu wenden, ihrer beider Zukunft in die entscheidende Bahn gelenkt.

Seine Skepsis gegenüber der »Berater-Abzocke«, wie er immer zu sagen pflegte, verflüchtigte sich rasch. Die Ausgestaltung der Simulationen machte einen tiefen Eindruck auf ihn. Die Welten waren fotorealistisch gestaltet und es stand für ihn außer Zweifel, dass sich aus einer Sequenz der kleinen Parameteränderungen viel lernen ließ. Welt zweiundvierzig war zwar in der Tat dystopisch, doch genau deswegen waren Anna und Frank bei WWS: zur Vermeidung der persönlichen Dystopie. Frank sah begeistert zu, wie Buckner sie durch verschiedene Stationen der Simulation peitschte, um ihnen anhand der Chronologie des Schreckens den Nutzen der Simulationen zu demonstrieren. Frank sah, wie sich alle Gräueltaten und Verbrechen aus der realen Geschichte auch in der Simulation wiederholten, vom Weltkrieg bis zum Terrorismus. Dies war eine Art sinnloser Gewalt, die Frank vollkommen fremd war. Doch es lag im Bereich des Möglichen, dass solche Geschehnisse wieder real vorkommen könnten. Vielleicht lag in diesem Hinausgehen über die Grenzen des Gewohnten der Reiz an diesem Unternehmen. Frank konnte durch das Hologramm die echte Anna nicht sehen. In der Simulation wirkte sie, wie er, höchst interessiert. Sie stellte kaum Fragen und das wusste Frank eindeutig als Zeichen ihrer Bewunderung zu deuten.

# Daniel Craemer

»Wie lange redet Georg schon mit den beiden?«, fragte Daniel.

»Circa eine Stunde«, entgegnete Johannes Maffert, einer der leitenden Softwareentwickler. »Er zeigt ihnen die Zweiundvierzig.«

»Diese Obsession mit der Zweiundvierzig werde ich nie verstehen. Warum sollte ich eine gescheiterte Welt zeigen, die in Müll, Bevölkerungswachstum und Flüchtlingsströmen untergeht, wenn ich auch harmonische Zustände zeigen kann? Ich verstehe Georg nicht. Was soll das?«

»Vertrau ihm, Daniel. Sie hängen an seinen Lippen. Er erkennt schnell, was Kunden sehen wollen. Die beiden wollen sich absichern und nichts dem Zufall überlassen. Da ist es goldrichtig, ihnen eine aus den Fugen geratene Welt zu zeigen. Genau das wollen sie verhindern.«

»Kann schon sein. Ich bin mir dennoch nicht sicher, ob es eine gute Idee ist, Simulationen für Privatkunden zu ermöglichen«, sagte Daniel nachdenklich.

»Wie meinst du das?«

»Natürlich ist es eine unglaubliche Chance für das Unternehmen. Stell dir den Markt vor! Trotzdem habe ich Zweifel. Unternehmen und Politik haben zum Glück nur wenige Ziele: mehr Geld oder die Wiederwahl, oder beides. Individuen haben hingegen viele Ziele und diese ändern sich andauernd. Wie sollen wir jemanden beraten, der eigentlich nicht weiß, was er will?«

Daniel blieb kurz im Gang stehen. »Sag' mir Bescheid, sobald sie fertig sind. Ich möchte noch mit ihnen reden, bevor sie WWS heute verlassen. Ich hol mir jetzt einen Kaffee.«

Am Weg zum Donaukanal wurde Daniel von einigen Personen gegrüßt. Wäre ihm das in seiner Wohnsiedlung passiert, hätte er sich gefreut, doch hier sah er hinter jedem Gesicht eine Geschäftsbeziehung. Er kannte die Erwartungen, die üblicherweise an ihn gestellt wurden: ob er vorhersagen könne, wie sich die Nachfrage für Fisch in den nächsten fünf Jahren entwickeln würde, und ob es möglich sei, das präferierte Design von Unterwäsche mittels Simulation zu ermitteln, und ja, er könne auch die Entwicklung innereuropäischer Handelsbeziehungen modellieren. In solchen Momenten wurde ihm klar, dass sich niemand für ihn persönlich interessierte, sondern ausschließlich für WWS – die weltweite Simulation.

In seiner Wohnstraße hingegen mieden ihn die Nachbarn eher. Er galt als Einzelgänger und Denker, der in Gesprächen oft tiefgründige Themen ansprach. Nichts war einem zwanglosen Gespräch über die lebenden Zäune der Gartenparzellen hinweg abträglicher, als das drohende Abdriften in philosophische Betrachtungen. Daniel beneidete seine Nachbarn, die heiße Sommernachmittage mit dem bloßen Kommentieren des Ist-Zustandes der Wohnstraße füllen konnten. Für ihn hingegen fanden sich überall Anlässe, über Weltgeschichte zu sprechen. Ein Gespräch über Rasenmäher drohte zu jeder Zeit in die Problematik der industriellen Landwirtschaft umzuschlagen. Aus einem klaren Sternenhimmel konnten Betrachtungen über den Transhumanismus und aus einem Austausch über die Schulnoten der Kinder konnte eine Diskussion über die Bedeutung der philosophischen Bildung in der Moderne folgen. Seine Nachbarn sprachen in der Regel lieber mit seiner Frau, die es im Gegensatz zu Craemer verstand, dem Weltgeschehen keinen Resonanzkörper zu bieten.

Daniel nahm am Ufer des Donaukanals auf einer Holzbank Platz. Sein Blick verlor sich im vorbeifließenden Wasser. Er dachte an Anna Gerowski. Weshalb sich eine dermaßen attraktive und erfolgsverwöhnte Frau mit einem Träumer und Idealisten wie Frank Sahlen abgibt? Sahlen machte auf Daniel einen einfältigen Eindruck, als könne er die Technologie, die WWS anbot, nicht im Ansatz verstehen. Anna Gerowski traute er hingegen zu,

36

das Potenzial der Simulationen richtig einschätzen und zu ihrem Vorteil nutzen zu können. Frank hingegen war unberechenbar. Launischer Widerstand bis hin zu euphorischen Lobreden. Alles war bei ihm möglich.

Für Daniel Craemer stand jedenfalls fest, dass er für das Anwerben von Privatkunden jemanden einstellen musste. Sollte WWS tatsächlich in dieses Marktsegment drängen, wollte er damit möglichst wenig zu tun haben. Daniel war klar, dass die von WWS angebotenen Dienste von vielen Menschen angenommen werden würden. Er selbst hatte wichtige Entscheidungen auf der Basis von Simulationsergebnissen getroffen. Als Geschäftsführer konnte er über die beträchtlichen Ressourcen, die zwischen Projekten brach lagen, frei verfügen. Seine Wahl, den Arbeitsplatz nicht nach Bombay zu verlegen, hat sich als goldrichtig erwiesen. Die Simulationen hatten den wirtschaftlichen Abstieg der indischen Metropole akkurat vorhergesagt.

»Die Anliegen, mit denen Privatkunden an WWS herantreten, werden wohl allesamt Bagatellen sein«, beruhigte er sich selbst. »Geldangelegenheiten, Wohnort, berufliche Weiterentwicklungen und Partnerwahl. Eine ewige Wiederkehr des Gleichen.«

Daniel wollte sich mit seiner Arbeit vielmehr an den internationalen Entscheidungsprozessen von gesamtgesellschaftlichem Ausmaß beteiligen. An der Nebensächlichkeit einzelner Lebensentwürfe war er nicht interessiert. Er wollte mit diesen Entscheidungen, die WWS in den Simulationen oft als statistisches Rauschen modellierte, nichts zu tun haben.

Er bereute seine anfängliche Begeisterung für die Expansion in den Privatkunden-Sektor, aber mehr noch seine Entscheidung, mit den ersten, sehr zahlungskräftigen Interessenten selbst in Kontakt treten zu wollen. Deshalb ärgerte er sich über das Unwissen von Frank Sahlen. Er wollte fortan nur noch mit Repräsentanten von Firmen sowie Politikern direkten Kontakt unterhalten. Doch mit Anna Gerowski und Frank Sahlen musste er das Geschäft noch abschließen. Er schlürfte weiter Kaffee aus seinem Pappbecher und warf ihn schließlich in hohem Bogen in einen Mülleimer neben der Bank. Treffer. Er stand auf und ging zurück.

»Ich habe vor allem über die Erde zweiundvierzig mit ihnen gesprochen«, entgegnete Georg Buckner auf Daniels Frage, wie das Gespräch mit Anna Gerowski und Frank Sahlen gelaufen sei.

»Marie sprach mit ihnen über statistische Verfahren, die bei der Auswertung von Simulationen herangezogen werden, und Johannes erklärt ihnen momentan, wie die Simulationen implementiert werden und wie sie sich in eine begeben könnten, sollten sie das wollen. Ich bin mir sicher, dass sie anbeißen. Sie können ihre Entscheidungen datenbasiert treffen und wir verdienen ein Vermögen. So soll es sein. Das wird alle Vorstände freuen.«

Daniel nickte und klopfte Georg auf die Schulter.

»Danke, Georg. Ich geh' nach Johannes rein und werde abschließen.«

Daniel ging in sein Büro und las die Konversationsprotokolle der letzten Stunden nach. Die Computer hatten alles aufgezeichnet und interpretiert. Aus dem Gesagten und der Körpersprache von Anna Gerowski und Frank Sahlen war eindeutig abzulesen, dass sie großes Interesse hatten, bei WWS Simulationen in Auftrag zu geben. Frank war von Neugierde getrieben. Anna hingegen war eher von den Erklärungen bezüglich der statistischen Verfahren beeindruckt, sodass der Schluss nahe lag, dass sie lediglich am Endresultat interessiert war und den Simulationen im Detail wenig Beachtung schenken würde.

»Darf ich mich noch einmal sehr herzlich für Ihre Zeit bedanken«, sagte Daniel, nachdem er den Raum eilig durchschritten und gegenüber von Anna und Frank Platz genommen hatte.

»Wie Sie sehen sind wir bemüht, Ihnen jedwede Fragen zu WWS zu beantworten. Ich hoffe, Sie hatten die Gelegenheit, sich ein umfassendes Bild von unseren Tätigkeiten zu machen. Wenn ich recht verstehe, überlegen Sie, Ihre Zukunft in Wien zu gestalten. Speziell für den Kauf von Immobilien sind unsere Simulationen von unsäglichem Wert. Wir können die Entwicklung einzelner Bezirke, ja selbst von einzelnen Straßenzügen und Objekten sehr genau, über viele Dekaden hinweg, vorhersagen. Mithilfe unserer Resultate werden die Wertentwicklungen von Investitionen vorhersagbar und das Risiko kalkulierbar. Angesichts der enormen Preise von Wohnimmobilien und den Unsicherheiten der gesellschaftlichen Entwicklungen kann Ihnen WWS genau sagen, wie sich der Wert Ihrer Immobilie entwickeln wird.«

»Vielen Dank für all die aufschlussreichen Schilderungen Ihrer Mitarbeiter«, sagte Frank. »Wir sind in der Tat an den Simulationen sehr interessiert. Ich für meinen Teil kann die Vorzüge klar erkennen und glaube, dass ein Projekt sehr lohnenswert wäre. Was meinst du, Schatz?«

Anna mochte es nicht, wenn Frank sie in der Öffentlichkeit mit einem Kosenamen ansprach. Sie wandte sich zu Daniel Craemer und sprach betont ruhig: »Wie mein Mann bin auch ich sehr an Ihrer Technologie interessiert. Ich zähle in meinem erweiterten Bekanntenkreis mindestens fünf Fälle, in denen der Erwerb einer Immobilie zu einem Albtraum wurde. Das betrifft nicht nur den Wert, oft sind es die sozialen Widrigkeiten, denen man entgehen möchte. Die Gegend, in der ich meine Kindheit verbracht habe, hat sich in nicht einmal zwei Dekaden in ein Ghetto verwandelt. Das hätte ich niemals für möglich gehalten. Wir beide wollen uns absichern. Da ist es doch vollkommen legitim, die beste Technologie heranzuziehen.«

»Viele Institutionen treten an WWS mit ähnlichen Problemen heran«, fiel ihr Daniel beinahe ins Wort. »Wie Sie richtig sagen, die Zeiten ändern sich. Wenn wir eines aus unseren Simulationen gelernt haben, dann die Einsicht, dass Wohlstand und bitterste Armut in allen Ländern in Zukunft koexistieren werden. Die Zeiten, in denen alle Schichten der Gesellschaft von einem Aufschwung erfasst wurden und profitieren konnten, sind bald vorbei. Es wird den Sog nach oben für alle schon bald nicht mehr geben. Vielmehr unzählige Strömungen, die zum Teil gegenläufig sind. Diese Entwicklungen werden auch das Stadtbild verändern. Ein Nebeneinander von entwickelter und zurückgelassener Welt in einer Stadt, in der Prosperität und Wohlstand wie Fettaugen auf einem Meer der Verödung treiben. Wer mitschwimmen will, muss die Mechanismen dahinter verstehen.«

Anna missfiel es, wie Daniel Craemer Wohlstand in einem Atemzug mit dem Wort Fettaugen nannte und witterte darin den Vorwurf, dass sie sich mit Luxusproblemen an die Firma wenden würden. Sie war auf ihren Wohlstand, den sie sich selbst erarbeitet hatte, stolz und bereit, diesen zu verteidigen. Größere Zusammenhänge blendete sie gerne aus. Doch trotz dieser Gedanken unterließ es Anna, sich in eine offene Konfrontation mit Daniel zu begeben. Was sie an diesem Tag über Simulationen gehört hatte, hatte sie überzeugt. Sie wollte diese Technologie für sich nutzen. Auch die Firma, der sie vorstand, hatte in einigen Entscheidungsprozessen von Simulationen profitiert. Doch Anna war in diese Prozesse nicht eingebunden gewesen. Sie wollte nicht mehr von Daniel hören. Anna zog ihre Handtasche demonstrativ an sich heran und platzierte sie auf ihrem Schoß.

»Ich sehe in den Simulationen, die WWS anbietet, eine Möglichkeit, unsere geplanten Investitionen auf einer soliden Basis, fernab von Bauchgefühl, zu tätigen. Das ist für uns sehr attraktiv.«

Daniel verstand Annas Manöver und stand auf. Er gab beiden die Hand und begleitete sie zur Türe. »Schreiben Sie mir, sobald Sie sich entschieden haben. Mit WWS werden Sie keine Fehler mehr begehen. Die Zukunft ist für uns ein schon beschriebenes Blatt.«

# Frank Sahlen

In der Innenstadt auf einen Drink zu gehen war Franks Idee gewesen. Die engen Gässchen luden zum Verweilen ein, die Gastgärten waren mit gut gekleideten Menschen gefüllt, die, nach langen Stunden vor Monitoren und Papierbergen, durch den Alkohol und die eisgekühlten Getränke die ersehnte Entspannung fanden. Anna und Frank nahmen an einem Tisch in der Abendsonne Platz.

»Wir sollten das machen«, begann Frank das Gespräch.

»Ich bin auch dafür.«

»Daniel Craemer ist zwar etwas mühsam, aber die Simulationen wirken sehr beeindruckend.«

»Die Wohnung wird noch sechs Wochen für uns reserviert. Wir haben also genug Zeit. Die Simulationen dauern laut diesem Buckner etwa zwei Wochen. Danach können wir uns alles in Ruhe überlegen. Zum ersten Mal seit langer Zeit bin ich mir bei etwas zu hundert Prozent sicher. Hast du gesehen, welche Erkenntnisse die aus den Welten ziehen? Unglaublich!«

»Ja! Ich bin überrascht, wie gut diese Simulationen sind. Ich hätte nicht gedacht, dass diese Technologie schon so weit ist. Aber man hat ja in die Machenschaften der Konzerne keine Einblicke«, lachte Frank.

»Haha! Danke für den Seitenhieb. Wir informieren unsere Kunden und sind vollkommen transparent. Was man von WWS nicht sagen kann. Das Geheimhaltungspapier, das wir unterschreiben mussten. Irgendwie ist das lächerlich. Aber egal. Wenn es uns weiterhilft, warum nicht.«

Hätte der Kellner den Weißwein schon gebracht, wäre der Moment ideal gewesen, um anzustoßen. Indes fanden sich die Hände der beiden.


Der Baumarkt war laut, überfüllt und unaufgeräumt. Mit den Einkaufswägen würden sich zweifelsohne ganze geschlachtete Kühe transportieren lassen, dachte Frank. Lautsprecherdurchsagen und Kreissägenlärm peitschten sich gegenseitig bis zur Schmerzgrenze hoch. Er stand in einem Gang, dessen meterhohe Regale sich erst in einem weit entfernt liegenden Fluchtpunkt verloren. Rohre, Schrauben und Dichtungsringe lagen in einer Mannigfaltigkeit, die man sonst nur aus der Pflanzenwelt kennt, in kleinen Boxen. Der Kampf gegen die zunehmende Unordnung schien in manchen Abschnitten des Ganges verloren. Angestellte des Marktes waren kaum zu sehen, sodass Frank selbstständig in den Boxen nach Schrauben der richtigen Dimension kramte. Jeder Griff in eine Box kam Frank vor wie ein schon verlorenes Spiel mit der Statistik. Wie oft müsste er aus der Urne ziehen um genau dreißig verzinkte 6x50 mm Holzschrauben, siebenundzwanzig 4x45 mm Stockschrauben, fünfzehn 6x50 mm Ringschrauben und was immer Anna sonst noch aufgeschrieben hatte, zu bekommen? Er dachte an das Theorem der endlos tippenden Affen. Blöd, dass sich das wenig Wahrscheinliche immer erst irgendwo im Unendlichen ereignen sollte und nie im Hier und Jetzt. Er griff noch einmal in eine Box. Wieder nichts. Zwei Holzschrauben, zwanzig Fliesenschrauben, ein Dichtungsring, vier kleine Nägel und neunzehn Muttern.

Frank beschloss, die Sachen im Internet zu bestellen und verließ den Gang.

Im Trubel vor den Kassen drückte ihm ein kleiner bärtiger Mann eine Visitenkarte in die Hand, die er überrascht ergriff. »Rufen Sie mich an. 063678898878. Es betrifft Ihre Simulationen.« war darauf notiert. Frank blieb stehen und blickte auf die Karte. Für einige Momente war er nicht mehr Teil der Brown'schen Bewegung vor dem Ausgang. Ein unfreundliches »Gehen Sie endlich weiter!« riss ihn aus seinen Gedanken.

## Anna Gerowski

Die kleinen Kaffeehaustische waren alle besetzt. Um zwei Uhr nachmittags wurde noch Frühstück gebracht, das vornehmlich mit Prosecco konsumiert wurde. Gespräche über Fernreisen, Beziehungen, Aufstiegschancen, Wohnen und Design breiteten sich über den Tischen aus. Ein leichter Wind trug die Konzentrate der Gewürzhändler durch die verstopften Wege zwischen den Ständen und Cafés. Anna saß mit einigen Freundinnen in der Sonne und unterhielt sich über den geplanten Wohnungskauf. Theresa, eine aus der Türkei stammende Bloggerin, wollte die Baustelle sehen. Auch sie habe vor, in den nächsten Monaten eine Immobilie zu kaufen und fand die von Anna beschriebene Lage und das Konzept äußerst interessant. Anna stimmte zu. Die beiden verließen die Runde am Naschmarkt in

Richtung Bahnhof. Anna dachte an Daniel Craemers Worte, dass es den Sog in ein besseres Leben für alle nicht mehr geben würde. Zwischen den Ständen der Verkäufer kauerten vereinzelt Menschen, die der vorbeiströmenden Menschenmenge zerknüllte Papierbecher um Almosen entgegenstreckten. Als hätte man diese Menschen aus dem Arteriensystem der Stadt gerissen und sie dann in eine hypoxische und chronisch unterversorgte Lebenswelt geschoben. Alles, was zu ihnen diffundierte, waren gutgemeine Zuwendungen von Menschen, die sich damit ihr Gewissen freikauften. Die große Anzahl der Menschen, die im Schatten der Stadt lebte, fiel Anna seit dem Tag bei WWS umso mehr auf. Sie empfand Beklemmung, Ekel und Angst.

Die Stadtregierung hat vor einigen Jahren begonnen, Parkanlagen, die zu solch hypoxischen Zonen zu werden drohten, einzuzäunen und abzuschließen. Man konnte für ein Entgelt, das in etwa dem zehnfachen einer Jahresfahrkarte für das öffentliche Verkehrsnetz entsprach, einen Generalschlüssel für die Wiener Gärten mieten. Deren Handhabe wurde streng überwacht. Wer nicht autorisierten Personen Zugang in die Parkanlagen ermöglichte, verlor für etliche Jahre das Recht, erneut Zugang zu den Parks zu erhalten. Für Touristen gab es eigene Tagespässe, doch wurden diese kaum in Anspruch genommen. In den Parks breiteten sich Ruhe und vermehrt wieder Tiere aus. Der Bürgermeister, chronisch ob des möglichen Verlustes der Wählergunst in Sorge, konnte dem Plan anfänglich nichts abgewinnen.

»Haben's keine Angst, Herr Bürgermeister. Das haben wir mit WWS simuliert. Da gibt's keinen Zweifel, dass das funktionieren wird. Erst machen wir es für die Leute sehr billig. Ein kleiner Unkostenbeitrag. Jeder wird das gut finden, weil die Stadt etwas für die Sicherheit und Sauberkeit tut. Dann können wir mit den Preisen raufgehen.«

»Seien's mir bitte nicht böse, Herr Stadtrat. Wir sperren Leute aus und machen ein öffentliches Gut rar. Das ist vollkommen gegen unsere Prinzipien.«

»Das schon, aber was sollen wir machen? Wir sind seit Jahren die lebenswerteste Stadt der Welt. Wollen Sie, dass wir in den Ranglisten abstürzen? Wir wachsen, wachsen und wachsen. Wenn aus den Umfragen eines herauskommt, dann die Erkenntnis, dass sich die Leute in den Parks nicht mehr sicher fühlen. Die Menschen, die von irgendwoher nach Wien ziehen und sich den Parkzugang nicht leisten können, dürfen ohnedies nicht wählen. Die sollen woanders herumlungern. Am besten in Niederösterreich. Für die Wiener tun wir was. Da stellen wir Wohnungen in die Parkanlagen!«

Anna öffnete die schwere Stahltüre und betrat mit Theresa, die ihren Schlüssel demonstrativ in die Kamera hielt, den Park. Die Algorithmen hinter der Linse erkannten ihr Gesicht und konnten ihren Namen in einer Datenbank, in der die Schlüsselinhaber verzeichnet waren, zuordnen. Der missbilligende Blick, den sie der Kamera entgegenwarf, konnte von keinem Algorithmus gedeutet werden. Theresa stand der Allgegenwart von

Überwachungskameras und den dahinter liegenden Rechennetzen sehr kritisch gegenüber. Zudem vertrat sie, ohne das jemals Anna gegenüber zu äußern, die Meinung, dass die Parkanlagen allgemein zugänglich bleiben sollten. Für Theresa war jeder Park wie eine Erinnerung an die vergangene Ursprünglichkeit, ohne die das großstädtische Leben ein Irrtum wäre. Sie mochte es, wenn die Luft vom Atem der Bäume voll und schwer zwischen dichten Ästen hing. Wenn das Gras nicht gemäht wurde und das Surren der Insekten die farbenprächtigen Sommerwiesen einhüllte. Für Anna hingegen war der Park lediglich ein Distinktionsmerkmal, das die Wohnung von den abertausenden Altbauten in den engen Straßen abheben sollte. Ob diese Besonderheit der Immobilie tatsächlich eine positive Wertentwicklung bescheren könnte, würde WWS für sie herausfinden.

»Wir müssen da hinauf«, deutete Anna zwischen die Bäume.

Der Weg führte sie an einem kleinen Teich vorbei, dessen Wasseroberfläche regungslos im Sonnenlicht lag. Wasserläufer warteten geduldig, bis Insekten aus der Höhe in ihre Oberfläche fielen. Fische gab es noch keine im Teich, somit lauerte aus dem negativen Zahlenraum ihrer Geometrie keine Gefahr. Hinter einer kleinen bewaldeten Anhöhe war die Idylle gestört, eine Baugrube klaffte wie ein tiefer Schnitt im Grün der Umgebung.

»Hier entsteht das Haus. Neun Parteien. Es wird eine Art Pfahlbau sein, somit haben alle Wohnungen unverbaubare Fernsicht über Wien. Schon der erste

Stock liegt über den Bäumen. Unser Apartment wäre ganz oben. Zweihundertfünfzig Quadratmeter Wohnfläche und vierhundert Quadratmeter begrünte Terrasse mit einem kleinen Schwimmbad und Bäumen. Man kommt über eine Garage und dann mit dem Lift in das Gebäude. Ein Pfahlbau in einer grünen Oase. Was sagst du?«

Anna kramte in ihrer Tasche und zog ihren Holoprojektor hervor. Sie instruierte das Gerät, den finalen Zustand des Gebäudes zu zeigen. Vor ihnen entstand eine Silhouette, die ein imposantes Hochhaus mit unzähligen Ebenen und Gärten zeigte. Das Gebäude schien aus den umliegenden Laubbäumen zu wachsen und strebte als Helix in die Höhe. Die üppig bewachsenen Terrassen waren kaskadenförmig angeordnet, sodass das Grün der Pflanzen einem Wasserfall glich, der über die Front des Hauses abfiel. Die Fenster spiegelten den umliegenden Park wider und ließen den Eindruck entstehen, dass das idyllische Grün im Inneren des Gebäudes domestiziert weiterwuchs. Auf den weitläufigen Terrassen sog das Wasser der Schwimmbecken den Himmel in sich auf. Der Blick über Wien musste spektakulär sein.

»Sehr schön, Anna. Bis wann müsst ihr euch entscheiden? Und vor allem: Wieviel kostet die Wohnung? Das sieht ja sehr exklusiv aus.«

»Die Wohnung ist noch fünf Wochen für uns reserviert. Und das Ganze hat natürlich einen beträchtlichen Preis. Frank und ich würden uns über fünfunddreißig Jahre hinweg verschulden und unsere gesamten Ersparnisse aufbrauchen. Unsere jetzige Wohnung wollen wir noch renovieren und alsbald verkaufen, aber das wäre nur ein Bruchteil der Kosten für diese Immobilie«, entgegnete Anna.

»Das ist natürlich eine schwierige Entscheidung. Idealerweise wäre das die perfekte Wertanlage, aber bei diesen Dimensionen hängt die ganze Existenz daran. Mir macht die unvorhersehbare Entwicklung dieser Stadt manchmal richtig Angst.«

»Genau hier gehen wir auf Nummer sicher.« Anna schaltete den Projektor aus und sprach im Flüsterton weiter: »Wir haben eine Firma damit beauftragt, anhand von Computersimulationen die wahrscheinlichste weitere Entwicklung der Stadt und die Wertentwicklung der Immobilie vorherzusagen. Frank und mir wäre das Risiko sonst zu hoch. Wir kennen inzwischen zu viele Menschen, die durch Fehlinvestitionen in den Ruin getrieben wurden. Durch die Simulationen können wir das Risiko minimieren. Es werden mehrere Millionen Szenarien durchgerechnet, anhand derer sich die wichtigsten Parameter zur Wertentwicklung ableiten lassen.«

»Dann hoffe ich für euch, dass diese Rechnung aufgeht. Ich kenne die vielen Erfolgsgeschichten der Simulationen. Aber über die Fehlschläge hört man nichts. Bitte halte mich auf dem Laufenden. Wenn ich mir die Immobilienpreise so ansehe, kann ich mir gut vorstellen, auch zu diesem Mittel zu greifen.«

# WWS

Anna kam früher zu Hause an als geplant. Nachdem sie das Apartment betreten hatte, trug eine angenehme Computerstimme eine Zusammenfassung der eingegangenen Nachrichten vor. Frank werde erst später nach Hause kommen. Er habe die Baumaterialen, die sie für Reparaturarbeiten in der Wohnung brauchten, nicht bekommen. Anna ärgerte sich darüber. Sie hatte ihm doch eine genaue Beschreibung und eine detaillierte Liste mitgegeben. WWS sandte den ersten Zwischenbericht. Anna stoppte den Computer und verlangte einen Ausdruck.

*Sehr geehrte Frau Gerowski,*
*Sehr geehrter Herr Sahlen,*

Wir möchten uns noch einmal sehr herzlich für das Vertrauen bedanken, das Sie in unser Unternehmen setzen. Wir sind bemüht, Ihren Ansprüchen bestmöglich gerecht zu werden, und so freut es uns, Ihnen mitteilen zu können, dass wir die Vorbereitungen für Ihr Simulationsprojekt schneller als geplant abschließen konnten. Alle Rechenkapazität, die für dieses Projekt vonnöten ist, steht uns bereits zur Verfügung. Sämtliche von Ihnen bereitgestellte Daten wurden, bezüglich Ihrer Lebenssituation und des potenziellen Kaufobjektes, in das System eingespeist. Gemäß unserer Datenschutzrichtlinie möchten wir Sie darauf hinweisen, dass alle Daten ihrer psychologischen, genetischen als auch kognitiven Konstitution nach Beendigung des Projektes unwiderruflich gelöscht werden.

Wir möchten Sie informieren, dass wir Ihrem Projekt zu den veranschlagten einhundert Millionen Simulationen, weitere zwanzig Millionen zum gleichen Preis hinzufügen können. Die ersten fünf Millionen Simulationen wurden bereits gestartet. Wie mit Ihnen abgesprochen, fokussieren wir uns in diesen ersten Simulationen auf die Entwicklung Wiens im globalen Kontext. Besondere Beachtung finden hierbei Ihre beruflichen Branchen sowie Ihre familiäre Situation. Wir können im Zuge dieser Simulationen auf einen großen Datensatz zur weiteren Entwicklung der Stadt Wien zurückgreifen, den wir in Zusammenarbeit mit Unternehmen und politischen Entscheidungsträgern erstellt haben. Somit werden die von uns gewonnenen Erkenntnisse ein sehr genaues Bild der zukünftigen Entwicklung der Stadt zeichnen.

*In der zweiten Phase des Projektes werden wir diese aus den anfänglichen Simulationen gewonnenen Erkenntnisse benutzen, um ein genaueres Bild Ihrer eigenen Weltlinien zu zeichnen. Im Zuge dessen wird es auch möglich sein, Aussagen über Werterhalt und Nachhaltigkeit Ihrer Investition zu treffen. Die Preisentwicklung der von Ihnen zu erwerbenden Immobilie wird dabei im Vordergrund stehen.*

*Zuletzt möchten wir Sie darauf hinweisen, dass es Ihnen jederzeit offensteht, ausgewählte Simulationen zu besuchen. Wir stellen hierfür die neueste Technologie der virtuellen Realität zur Verfügung, die es Ihnen ermöglicht, ein möglichst authentisches Erlebnis der jeweiligen Simulation zu erfahren. Vormalige Kunden aus dem unternehmerischen Bereich haben diese Option sehr enthusiastisch angenommen und konnten sich ein realitätsnahes Bild der jeweiligen Entwicklung machen. Zudem besteht die Möglichkeit, in den jeweiligen Welten mit simulierten Menschen in Interaktion zu treten, um direkt an deren Erfahrungen und Wahrnehmungen teilhaben zu können.*

*Bitte zögern Sie nicht, mit Fragen direkt an uns heranzutreten.*

*Wir verbleiben mit freundlichen Grüßen,*

*Im Namen von WWS:*
*Daniel Craemer & Georg Buckner*

# Frank Sahlen

Später in der Nacht nahm Frank den Ausdruck von der Kücheninsel. Anna schlief bereits. Ein angenehm warmes Licht drang aus der Küche in das Wohnzimmer. Frank nahm auf der Couch Platz und las die Nachricht von WWS. Alles klang wunderbar. Frank war sicher, dass die Simulationen ihre gemeinsame Zukunft nur zum Besten beeinflussen würden. Er sank in das Polster und nippte an seinem Glas Wein. Sein Kopf ruhte frei von Sorgen auf der Couchlehne und seine Blicke folgten der lautlosen Geschäftigkeit zweier Putzroboter, die wie jede Nacht versuchten, den unwahrscheinlichen Zustand der Ordnung aufrechtzuerhalten. Als er seine Hose ausziehen wollte, erschrak er. Er hatte ganz auf die Visitenkarte aus dem Baumarkt vergessen. Nun zog er sie aus der Tasche und betrachtete sie eingehend. Frank griff nach seinem Telefon und wählte die Nummer. »Ich habe auf Ihren Anruf gewartet, Herr Sahlen«, ertönte eine selbstsichere Männerstimme. »Kommen Sie morgen Abend um sieben Uhr ins Rhiz.«

»Wer spricht hier, bitte? Woher wissen Sie meinen Namen und weshalb verfolgen Sie mich?«

Keine Antwort.


Das Rhiz befand sich in einem der Stadtbahnbögen, die inmitten der beiden Fahrbahnen des Gürtels viele Lokale und Geschäfte beherbergten. Frank nahm vor dem Rhiz Platz und bestellte ein Glas Wein. Er grub seine Füße in den Sand, den man vor dem Lokal aufgeschüttet hatte, um den Gästen das Gefühl zu vermitteln, der Stadt komplett entkommen zu sein. Der Gastgarten war von großen Blumentöpfen umrahmt, aus denen verspielt zugeschnittene Bäumchen wuchsen, sodass die dahinterliegende Straße und die prächtigen Altbauten nahezu vollkommen verborgen waren. Frank genoss die Stille. Nur das entspannte Gespräch zweier weiterer Gäste, die etwas entfernt Bier tranken, war zu hören. Er blickte auf die Autos, die geräuschlos und unbesetzt am Gürtel ihre Runden zogen. Die künstliche Intelligenz, welche die Autos netzartig durchzog und verband, hatte früh gelernt, dass es am effizientesten war, große Mengen an Fahrzeugen am Gürtel, einem Straßenring um die Innenstadt, kreisen zu lassen, um sie, einem Raubvogel gleich, in die Innenstadt stürzen zu lassen, wenn eine Anfrage kam. Die künstliche Intelligenz erfand in diesem Fall nichts Neues, entdeckte das Alte jedoch sehr schnell. Das Abrollgeräusch der Autos war so leise, dass es selbst vom Grillenzirpen im Gastgarten übertönt wurde. Im Altbaubezirk der Stadt war kein Baulärm der wachsenden Metropole zu hören. Frank genoss die Stille. In etwa einer Stunde würde einer der Kellner die Musik jedoch aufdrehen und die ersten Partygäste würden mit dem Trinken größerer Mengen Alkohol beginnen. Spätestens dann würde Frank gehen. Überhaupt nervte ihn dieser anonyme Mann bereits jetzt. Er hatte zu lange auf sich warten lassen. Es war inzwischen fast acht Uhr. Frank hatte seinen zweiten Wein längst ausgetrunken und ging davon aus, dass der Mann nicht mehr auftauchen würde.

Kurz nach acht brach Frank auf und beschloss, noch etwas Richtung Norden in einen der Außenbezirke zu gehen. Frank hatte dort vor vielen Jahren ein Atelier besessen. Doch entgegen seiner damaligen Hoffnung wurde der Bezirk den Verheißungen der Immobilieninvestoren nicht gerecht und verkam vor seinen Augen, sodass sich Frank letztendlich gezwungen sah, das Atelier mit Verlust zu verkaufen. Nun häufte sich in windverborgenen Hausecken der Müll. Als hätte man vergessen, dass diese Straßenzüge auch zur Stadt gehörten. Menschen mit offenen Wunden und geschwollenen Beinen lagen auf Schlafsäcken in Hauseingängen und riefen Frank in fremden Sprachen zu. Die Jugendstilfassaden vieler Wohnhäuser zeugten von einer großen Vergangenheit. Die Straßen waren nach Dichtern, Philosophen, Wissenschaftlern und Künstlern benannt. Über den vielen eingeschlagenen Fenstern von ehemaligen Geschäftslokalen war der frühere Geschäftszweig zu lesen. Nun gab es nahezu ausnahmslos Lebensmittel- und Kleidungsgeschäfte und ein auf wenige, banale Grundbedürfnisse reduziertes Leben. Es handelte sich um einen jener Bezirke, die seit langem durch negative Schlagzeilen auffielen. Die Stadtregierung gab zu, dass die politische Ordnung in diesem Bezirk nicht im üblichen Rahmen durchzusetzen sei. Die Polizeipräsenz war über Jahre hinweg, wegen unzähliger Übergriffe auf das Personal, drastisch reduziert worden. Öffentliche Kameras wurden von Jugendbanden abmontiert und demoliert, sodass der Bezirk ein blinder Fleck für die künstliche Intelligenz wurde, die hier nicht, wie im Rest der Stadt, alle Polizeieinsätze koordinieren konnte. Tagsüber war es auf den Straßen ungefährlich, doch mit Einbruch der Dämmerung änderte sich dies.

Frank bog in eine Marktstraße. Die Schreie der Verkäufer waren bis tief in die Querstraßen hinein zu hören. Über die Marktstände hinweg wurden auch um diese Uhrzeit noch Geldscheine gegen Waren gehandelt. Frank zog einen abgegriffenen Geldschein aus der Tasche und tauschte ihn gegen einen Spieß gebratenen Fleisches. Als er weitergehen wollte, stand ein bärtiger Mann vor ihm.

»Ich wusste, dass Sie hierher kommen würden. Menschliches Verhalten ist äußerst gut vorherzusehen. Sie wollen in einem Nobelbezirk eine Immobilie kaufen und besuchen einen Bezirk des Niedergangs. Das war zu erwarten und genau auf dieser Vorhersagbarkeit basieren unsere Simulationen.«

Frank sah den Mann entgeistert an.

»Darf ich mich vorstellen – mein Name ist Alexander. Mein Nachname tut nichts zur Sache. Ich arbeite für WWS und möchte mit Ihnen reden. Bitte entschuldigen Sie den Überfall hier. Ich habe Sie ins Rhiz bestellt und hätte niemals gedacht, dass Sie so lange alleine sitzen bleiben würden. Im Rhiz waren auch zwei Mitarbeiter von WWS im Gastgarten, direkt hinter Ihnen. Wir hätten nicht ungezwungen reden können. Ich beschloss abzuwarten, wohin Sie gehen würden. Hätten Sie sich ein Auto gerufen, hätten wir wohl nie miteinander gesprochen. Ich bin froh, dass ich mit meiner Vermutung richtig lag.« Alexander begann zu lachen. »Ja. Das hier ist irgendwie perfekt. Hier können wir ganz ungestört reden. Es versteht uns ohnehin niemand. Setzen wir uns auf die Bank da drüben.«

Frank folgte ihm wortlos und nahm neben dem Bärtigen auf einer Betonbank etwas abseits der Marktstraße Platz.

»Es ist schon absurd«, begann Alexander, »jeder Quadratmillimeter der Stadt wird von künstlicher Intelligenz überwacht, doch in den dysfunktionalen Bezirken, wo mit Abstand die meisten Verbrechen passieren, gibt es keine Überwachung. Es hat den Anschein, dass Freiheit unabdingbar an Risiko geknüpft ist.«

»Was wollen Sie eigentlich von mir? Wollen Sie mir hier weiter Binsenweisheiten auftischen, oder verraten Sie mir endlich, weshalb wir uns hier treffen?«

»Entschuldigen Sie bitte, Herr Sahlen. Ich vergaß, dass all das für Sie höchst undurchsichtig und verwirrend, wenn nicht gar ärgerlich sein muss. Mein Nichterscheinen im Rhiz und dann der Überfall vor dem Marktstand. Ich komme nun direkt zum Punkt.«

Alexander holte Luft, wandte sich zu Frank und sagte: »Wissen Sie, dass Sie einen millionen-, oder eher milliardenfachen Massenmord verursachen?«

»Ich bin mir sicher, dass Sie mit der falschen Person sprechen. Ich habe mit Mord nicht das Geringste zu tun«, entgegnete Frank zunehmend genervt.

»Ganz im Gegenteil, Herr Sahlen. Sie sind im Begriff, mit Ihrer Frau einen Massenmord zu verursachen und ich möchte Sie heute davon abbringen, den eingeschlagenen Weg weiterzugehen.«

Alexander zog einen Notizblock aus seiner Tasche und kritzelte eine Skizze darauf. »Sehen Sie sich bitte die Skizze an. Das in der Mitte ist eine Simulation und am Rand sehen Sie die einzelnen Fachbereiche, die zusammenarbeiten müssen, um eine Simulation zu erstellen. Ich arbeite hier.« Sein Finger deutete auf eine Wolke, in die er »Externe Plausibilität« schrieb. »Offiziell bin ich Programmierer. Ich habe mein Studium an der Universität Wien in Informationstechnologie und Mathematik absolviert und danach eine Position bei WWS angenommen. Ich ging davon aus, dass meine weitere berufliche Tätigkeit aus der Entwicklung von Softwarelösungen für Beratungsdienstleistungen bestehen würde. Doch in Wahrheit bin ich zu einer Art Feuerwehr für zu weit fortgeschrittene Simulationen geworden. Sie würden nicht glauben, womit ich mein Geld verdiene. Bei WWS laufen einige wenige, sehr aufwendige Welten, in denen wir Milliarden von Individuen über Jahrhunderte hinweg simulieren. Wir hatten vor Jahren das Problem, dass in nahezu allen Simulationen die Erkenntnis gewonnen wurde, dass die jeweilige Welt eine Computersimulation sein müsse. Mit zunehmender naturwissenschaftlicher Forschung innerhalb der Simulation ist das Aufspüren von Evidenz für den Simulationscharakter der Welt nahezu unausweichlich. Spätestens dann, wenn die simulierten Menschen erkennen, dass ihre Welt im Innersten eine diskrete Struktur aufweist, dauert es nicht lange bis diese Erkenntnis, dass ihre Welt eine Computersimulation ist, gewonnen wird. Gequanteltes Licht, gequantelte Zeit oder gequantelte Längen. Alles Belege für den Simulationscharakter einer Welt, die wir nicht wegrechnen können. Die betreffenden Simulationen mussten allesamt abgeschaltet werden, da sich die simulierten Personen nicht mehr normal verhielten. Die Menschen traten in Hungerstreiks, organisierten Proteste oder ähnlichen Mist. Mein Job ist es, in technologisch sehr fortgeschrittenen Simulationen die Entdeckung des Simulationscharakters zu verhindern oder zu verzögern.«

»Das heißt, Sie greifen in die naturwissenschaftliche Forschung innerhalb der Simulationen ein?«, fragte Frank.

»Ja, so ungefähr kann man sich das vorstellen. WWS hat die ersten Simulationen sehr oberflächlich entworfen. Einige davon laufen immer noch. Erde zweiundvierzig, die Ihnen sicher ein Begriff ist, läuft seit fast fünf

Jahren. In diesen Simulationen schreiben wir die physikalischen Gesetze parallel mit der Entwicklung der Technologie und dem Stand der Wissenschaften. In manchen Konzepten haben wir uns noch nicht entschieden. Momentan muss ich in der Welt zweiundvierzig eine konsistente Theorie des subatomaren Bereiches entwickeln. Eine Zeit lang kann ich die Forschung in dieser Welt verwirren, doch bald muss ich diese Theorie ausprogrammieren und sie die Menschen in der Simulation entdecken lassen.«

Frank blickte auf die Marktstände, vor denen der Handel mit zunehmender Dunkelheit abflaute.

»Aber was hat das alles mit Massenmord zu tun? Das klingt ja alles sehr nett und ich bin mir sicher, Sie leisten eine wichtige Arbeit bei WWS. Doch weshalb erzählen Sie mir das?«

»Weil ich im Zuge meiner Arbeit zu der Erkenntnis gelangt bin, dass es Menschen in den Simulationen gibt, die mit Bewusstsein, oder besser gesagt: mit Selbstbewusstsein ausgestattet sind.« sagte Alexander und blickte dabei selbstversunken auf die Marktstände. Nach einer kurzen Pause fuhr er fort: »In einer Welt werden niemals alle Menschen so aufwendig simuliert. Die meisten sind, wie Daniel Craemer sagen würde, statistisches Füllmaterial. Doch einige simulierte Menschen haben definitiv Bewusstsein. Daniel Craemer oder Georg Buckner sprechen von diesen Individuen als ›Statisten‹, doch in Wahrheit sind es Menschen wie Sie und ich. Selbstbewusste Individuen mit Träumen, Hoffnungen,

Gedanken, Liebschaften und allem, was zum Leben dazugehört.«

»Sie wollen mir einreden, dass die ›Statisten‹ in diesen Simulationen am Leben sind? Das ist aber schon über die Maßen lächerlich. So wie ich die Definition von Leben verstehe, fehlen diesen Menschen einige entscheidende Charakteristika, um sie als lebendig zu bezeichnen.«

»Ganz im Gegenteil«, antwortete Alexander. »Stellen Sie sich alles von einem Standpunkt innerhalb der Simulation aus vor. Die Menschen haben Sinnesorgane, Stoffwechsel und so weiter. Alles was dazugehört. Das alleine wäre noch nicht so schlimm. Doch die Menschen – ich nenne sie in der Tat Menschen – haben Selbstbewusstsein wie Sie und ich. In ihrer Selbstwahrnehmung unterscheiden sie sich nicht von uns.«

»Das kann nicht sein. Bei WWS wurde uns nichts dergleichen mitgeteilt. Man hat uns den Eindruck vermittelt, dass es sich lediglich um fiktive Statisten handelt, die mit einem rudimentären Verhaltensrepertoire ausgestattet sind«, sagte Frank.

»Gewiss. Für viele Simulationen reicht das. Wenn die Wiener Stadtregierung wissen will, wo sie ein neues Krankenhaus bauen soll oder wie die nächste U-Bahnlinie zu verlaufen hat, braucht man keine komplexen Statisten in der Simulation. Wenn ich aber herausfinden will, wie sich ein etwas Mehr an ethnischer Heterogenität auf die Stimmungslage im Gemeindebau auswirken wird, oder wie sich das Leben in einer Luxusimmobilie anfühlt, brauche ich dazu im Idealfall möglichst reale Akteure in der Simulation. Bei WWS wurde das perfektioniert. Ich habe Jahre damit verbracht, herauszufinden, ob es sich tatsächlich um selbstbewusste Menschen handelt oder nicht. Das war zugegebenermaßen nicht einfach. Sie kennen die Dokumente aus der Frühphase der künstlichen Intelligenz auf unserer Erde: Programme, die minutenlang Telefonate mit Menschen führten oder professionelle Spieler beim Schach oder Go schlugen. Alles Beispiele für Intelligenz ohne Bewusstsein. Ich habe mich lange in den simulierten Welten aufgehalten. Ich bin mir ausgehend von diesen Erfahrungen sicher, dass viele Menschen dort Selbstbewusstsein besitzen, das sich von unserem nicht unterscheidet. Und jetzt kommt das Problem: Wir töten diese Menschen. Zu Hunderten, Tausenden, Millionen und Milliarden. Jede Sekunde geschieht bei WWS ein Massenmord.«

»Wie meinen Sie das?«

»Ich will es Ihnen erklären. Was glauben Sie, wie wir eine Simulation beenden?«

»Ehrlich gesagt, ich habe keine Ahnung. Ich habe darüber nicht nachgedacht!«

»Wenn eine Simulation einfach ausgeschaltet wird, ist das noch das humanste Ende. Ein Ende für alle, von einer Millisekunde auf die andere. Aber die Art und Weise, wie eine Simulation beendet wird, ist nicht geregelt, denn die simulierten Menschen werden nicht als selbstbewusste Wesen angesehen. Jeder Programmierer kann machen, was er oder sie will. Sie haben keine Vorstellung, was das bedeutet: Manche Kollegen schicken

Asteroiden, Außerirdische, Viren oder Ähnliches. Wieder andere lassen ihre Welten in alles zerstörenden Seuchen oder Kriegen untergehen. Atomwaffen, autonome Kampfroboter oder biologische Kampfstoffe, die alles zerstören. Sie sehen die simulierte Welt als eine Art Computerspiel an und erkennen nicht, dass sie einen Massenmord an empfindenden Individuen begehen.«

Frank saß schweigend neben Alexander auf der Bank. Er hatte den Blick gesenkt und wusste nicht, was er sagen sollte. Das klang alles irgendwie einleuchtend, dennoch fiel es ihm schwer, die simulierten Menschen als Individuen anzuerkennen. Dass einige Programmierer die eine oder andere Perversion in den Welten realisierten, konnte er sich hingegen gut vorstellen.

»Ich sehe Ihnen an, dass Sie an meinen Worten zweifeln. Gehen Sie zu WWS und verlangen Sie Zutritt zu einer der Simulationen. Ich habe mir erlaubt, einige Simulationen aus Ihrem Projekt herauszusuchen, in denen mit Sicherheit selbstbewusste Individuen anzutreffen sind.« Alexander schob Frank ein Blatt Papier zu, das mit Zahlen vollgeschrieben war.

»Und bei WWS wissen die Verantwortlichen davon? Haben Sie Ihre Bedenken geäußert?«

Alexander brach in heftiges Lachen aus. Ein Verkäufer, der damit beschäftigt war, einen Marktstand abzubauen, blickte zu ihnen rüber und nickte, als wäre ihm der Grund für Alexanders Heiterkeit bestens bekannt.

»Zwei Antworten. Erstens: WWS will Welten simulieren, je ausgefeilter desto besser. Selbstbewusstsein in der Simulation gilt als technologische Errungenschaft.

Zweitens: Wenn ich WWS permanent unrechtes Verhalten unterstelle, bin ich schneller arbeitslos als mir lieb ist – und das bis zum Ende meiner Tage. Unterschätzen Sie dieses Unternehmen nicht. Es sind die Kunden, die aufbegehren müssen. Deswegen rede ich auch mit Ihnen. Nur wenn Kunden diese Praxis anstößig finden, wird sich etwas bewegen. Sie und Ihre Frau sind die ersten Privatkunden. Lassen Sie uns zum Gürtel zurückgehen. Es wird dunkel.«

Frank folgte Alexander, der eilig die kleinen Gassen Richtung Gürtel durchschritt. Einige Halbstarke standen in kleinen Gruppen gelangweilt herum, um auf Anlässe zu warten, die sie zu handfesten Problemen aufbauschen konnten. Frank und Alexander wechselten etliche Male die Straßenseite. Mit jedem Häuserblock nahm die Zahl der funktionierenden Straßenlaternen zu und mit dem Auftauchen der ersten Überwachungskameras fühlten sich sowohl Frank als auch Alexander erleichtert.

»Wir trennen uns hier«, sagte Alexander. »Wir sollten nicht gemeinsam gefilmt werden.«

»Erzählen Sie mir noch von Erde zweiundvierzig«, bat Frank, »diese Welt übt eine gewisse Faszination aus. Weshalb wurde sie geschaffen und aus welchem Grund hat man sie so lange laufen lassen?«

»Offiziell hat diese Welt die Staatengemeinschaft in Auftrag gegeben. In Wahrheit ist sie eine sadistische Spielwiese und ein Ausstellungsobjekt von und für WWS. Solche Erden gibt es viele. WWS setzt diese bewusst als Horrorszenarien ein. Ein Ort, an dem alles dysfunktional ist, hat eine sehr eigentümliche Wirkung auf Kunden. Wie wahrscheinlich ist es, dass sich unsere Welt in eine Erde zweiundvierzig verwandelt? Wie wahrscheinlich ist es, dass Wien verarmt und Ihre Immobilie von heute auf morgen nichts mehr wert ist? Ich würde sagen, diese Wahrscheinlichkeit ist gleich Null. Für Ihr Problem braucht man, mit Verlaub, nur Hausverstand und Beobachtungsgabe. Sie kaufen in einem Nobelbezirk. Wenn Sie offenen Auges darin leben, werden Sie Anzeichen für eine Entwertung Ihrer Wohnung rechtzeitig erkennen. Sie brauchen keine Simulation, sondern nur Geistesgegenwart und etwas Mut! Um den potenziellen Kunden diese banale Einsicht zu nehmen, wird ihnen eine Dystopie gezeigt. Darin wurde alles ins Unwirkliche, Absurde und Schlechte verzerrt. Mir tun die Menschen in dieser Welt unsäglich leid. Ich habe die Erde zweiundvierzig oft besucht. Da werden von den Programmierern Flüchtlingswellen über den Globus gejagt, ein vollkommen unnatürliches Bevölkerungswachstum befeuert, ein unrealistisch schneller Klimawandel angepeitscht oder immer radikalere religiöse Ideen unter den Menschen verbreitet. Dennoch haben die Menschen Ihre Hoffnung nicht verloren und kämpfen gegen alle Wirrnisse, um Ihre Welt besser zu machen. Sie produzieren unglaublich schöne Kunst, die der unseren, für mein Dafürhalten, weit überlegen ist. Doch anstatt der Erde zweiundvierzig eine eigenständige Entwicklung hin zu besseren Verhältnissen zu ermöglichen, ist diese Welt ein Platz, auf den der Zorn ihrer sogenannten Götter immer wieder unbarmherzig niederfährt.«

»Wie lange wird man die Erde zweiundvierzig noch laufen lassen?«

Alexander sah ihn an und lächelte. »Man hat sie schon viele hundert Male laufen lassen. Ich meine damit zu Ende laufen lassen! So lange bis es die Menschheit nicht mehr gibt oder wir gezwungen sind, die Simulation zu beenden. Wir fertigen von Erde zweiundvierzig unzählige Zwischenspeicherungen an und können die weitere Entwicklung von dort, beliebig oft und mit geänderten Parametern noch einmal laufen lassen. Wie man Ihnen bestimmt bereits mitgeteilt hat, beschäftigen wir uns momentan intensiv mit dem Einfluss, den die Religion in der Ära der wissenschaftlichen Aufklärung auf Menschen haben kann. Nächstes Jahr planen einige Programmierer, die Auswirkungen von militärisch eingesetzter künstlicher Intelligenz zu studieren. Das wird ein Gemetzel werden! Danach gibt es Pläne, einzelne Kontinente aus der Simulation wegzulassen, aber alles andere gleich unserer Welt zu belassen. Daniel Craemer möchte wissen, ob sich der zivilisatorische Niedergang schneller ereignet, wenn die großen Waldkontinente der Südhemisphäre, Panganonien und Genereium, weggelassen werden, alle anderen Parameter jedoch von unserer Welt übernommen werden. Sie sehen, es handelt sich um ein unentwegtes Experiment.«

Frank und Alexander sprachen noch einige Minuten miteinander. Alexander erklärte Frank, dass es stets Programmierfehler waren, die die simulierten Menschen an ihrer Realität zweifeln ließen. Unstimmigkeiten in den Naturgesetzen oder Widersprüchlichkeiten in der Evolution und so weiter. Alexander machte Frank klar, dass es keine bis ins letzte Detail simulierte Welt geben kann. Man musste stets Annahmen treffen, beziehungsweise einen großen Mut zur Lücke haben. Man könne nicht alle Aspekte der subatomaren Ebene bis zu den entlegensten Winkeln des sichtbaren Universums simulieren. Das wäre zu aufwendig. Die Neugierde des intelligenten Lebens würde aber, laut Alexander, stets in diese Bereiche vordringen. Aus diesem Grund würden die simulierten Menschen, meist wenige Jahrzehnte oder Jahrhunderte nach dem Aufkommen der ersten Supercomputer in den Simulationen, den wahren Charakter ihrer Welt begreifen. »Man kann die Rechenleistung der Computer in den Simulationen nicht beliebig steigern«, sagte Alexander immer wieder. »Im Übrigen ein Beweis, weshalb unsere Welt keine Simulation ist«, meinte er augenzwinkernd. Er klopfte Frank auf die Schulter und reichte ihm die Hand. »Denken Sie über das Projekt, das Sie gestartet haben, gut nach, Herr Sahlen. Ihretwegen wurden viele Menschen geschaffen! Sie haben nun, da Sie um ihr Bewusstsein wissen, die Pflicht, ihren sinnlosen und womöglich qualvollen Tod zu verhindern.«

Die künstliche Intelligenz hatte einige Jahre gebraucht, um zu lernen, dass ein einfaches »nur herumfahren« mitunter sehr Unterschiedliches bedeuten kann. Zu Beginn der Ära der selbstfahrenden Autos war von panischen Fahrgästen zu lesen, die in gefährlichen Bezirken aus den Autos sprangen, um einer vermeintlichen Entführung durch eine sich verselbstständigende künstliche Intelligenz zu entkommen. Auch wurden Notrufe von Menschen bekannt, die – nachdem sie ein Auto mit dieser vagen Instruktion losgeschickt hatten – eingeschlafen sind, um mehrere hundert Kilometer entfernt, im einsamen Bergland aufzuwachen. Um keinen Preis sollte ein selbstfahrendes Auto zur Heimfahrt verwendet werden. Wer weiß, was diesem als nächstes in den Sinn kommt? Eine Polizeistreife aus Wien musste damals die Betroffenen aus dem Niemandsland zurückbringen, da sie sich weigerten, nochmals in das selbstfahrende Auto einzusteigen. In einem der unrühmlichsten Fälle wurden der chilenische Außenminister und seine Frau nach einem Opernbesuch von einem autonom fahrenden Auto in die Schwerindustriezone der Stadt gefahren, um das stillgelegte Werksgelände der ehemals weltgrößten Ölraffinerie zweimal zu durchfahren. Die beiden Fahrgäste, die sich auf ihrem ersten Wienbesuch befanden, dachten unentwegt, dass sich das charmante, an Sehenswürdigkeiten reiche Wien, nach dem Durchfahren eines wohl ungünstig situierten Industrieviertels nahe dem Zentrum, wieder zeigen würde. Tage später wurde in sozialen Medien die Karte, auf der die nächtliche Route aufgezeichnet war, zu einem viralen Hit. Das Ehepaar mehrte in den folgenden Wochen politisches Kapital mit Fernsehinterviews, in denen es ihre Verwunderung, die während der Fahrt immer weiter zunahm, unter dem Lachen der anwesenden Gäste ausbreitete. Die künstliche Intelligenz wurde daraufhin spezifiziert und bezog fortan personenbezogene Daten und Vorlieben in die Erstellung der Route mit ein.

Frank stieg kurz nach dreiundzwanzig Uhr am Gürtel in ein Auto und machte einen müden und verwirrten Eindruck. Franks »einfach herumfahren« war um neunundzwanzig Komma acht Prozent leiser als die übliche mittlere Lautstärke seiner Stimme zu dieser Uhrzeit. Er betrachtete, gegen seine übliche Gewohnheit, nicht den Bordcomputer, sondern richtete seinen Blick auf die alten Wohnhäuser, die mit ihren verspielten Fassaden von einer Zeit zeugten, in der Architektur noch mit Symbolik und Bedeutungsinhalten arbeitete, anstatt mit einfachster Linienführung Ästhetik an reine Funktionalität zu koppeln. Das Auto wertete seine letzten zweitausend Fahrten in Bezug auf seine körperliche Reaktion aus und fand, dass Frank beim Durchfahren des Einbahnsystems im dreiunddreißigsten Bezirk und dem Betrachten dezenter Stadtvillen am meisten Ruhe fand. Zudem befand sich der dreiunddreißigste Bezirk in der Nähe seiner Wohnung und das Auto konnte auf die wahrscheinlichste Konkretisierung des Fahrgastes, nach Hause zu fahren, schnell reagieren. Das Auto plante eine Route, auf der kein einziger Halt angezeigt war, wählte eine moderate Durchschnittsgeschwindigkeit von siebenundfünfzig Komma neun Kilometer pro Stunde und verdunkelte die Scheiben unmerklich. Franks Vorliebe für Verspieltheit folgend, wählte das Fahrzeug Kammermusik aus der klassischen Periode Wiens, die über exakt zwölf Minuten in einem Gradienten an Lautstärke zunahm, bis knapp vierzig Dezibel erreicht waren. Der

Fahrgast würde so nicht wahrnehmen, dass die Musik von der künstlichen Intelligenz eingeschaltet worden war und nahm an, dass die Musik bereits beim Einstieg gespielt wurde. Zudem durfte zum Zweck der Entspannungsförderung nur Musik gespielt werden, die dem Fahrgast gänzlich unbekannt war, um den gewünschten spannungslösenden Effekt von Hintergrundmusik zu erfüllen. Zu diesem Zweck komponierte die künstliche Intelligenz die Musik ad hoc, unter genauer Beachtung der für die damalige Zeit vorherrschenden Stilmittel. Alles abgestimmt auf die körpersprachliche Reaktion des Fahrgastes.

Frank dachte unentwegt an das Gespräch mit Alexander. Das Gesagte war durchaus glaubwürdig. Andererseits war ihm Alexander jeglichen Beweis schuldig geblieben, dass einige Menschen in den Simulationen mehr waren als fiktive Intelligenz ohne Bewusstsein. Könnten tatsächlich selbstbewusste Wesen diese Welten bevölkern? Könnten die Unterschiede zwischen ihnen und den echten Menschen tatsächlich verschwimmen? Und wie konnte deren gesamte Existenz dem Gutdünken einiger Programmierer unterliegen? Frank musste an die gescheiterten Welten denken. Besonders an jene, die man permanent scheitern ließ. Jene, die keine Möglichkeit hatten, diesem Schicksal zu entkommen, da sie ein Paradigma des Scheiterns darstellen mussten. Wie Ausstellungsstücke, die nur für den Zweck gefertigt wurden, bei den Vorbeiströmenden eine kurze Gefühlsregung zu bewirken. Und dann noch diese Abteilung für »Externe Plausibilität«, der Alexander angehörte. Was konnte sie anderes sein, als einige Programmierer, deren einzige Aufgabe es war, jedwede Regung an Selbsterkenntnis in Widersprüchen zu zerstreuen und den Fokus der Forschung in Nebensächlichkeiten zu lenken. Frank konnte das alles nicht fassen. Er wollte es selbst erfahren. Anna und er hatten sich geeinigt, die Simulationen nicht zu besuchen. Stattdessen sollte lediglich die statistische Auswertung der gesammelten Daten für den Wohnungskauf herangezogen werden. Frank fasste den Entschluss, Anna vorerst nichts von dem Gespräch mit Alexander zu erzählen. Er wollte mehr Evidenz sammeln. Dazu musste er eine Simulation betreten. Nur im direkten Gespräch mit den simulierten Menschen ließ sich ergründen, ob diese tatsächlich Selbstbewusstsein besitzen. Würden sich die Vorwürfe bestätigen, müssten alle Simulationen sofort abgebrochen werden. Frank wurde schlagartig das volle Ausmaß der damit verbundenen Implikationen bewusst. Er würde in diesem Fall an die Öffentlichkeit gehen müssen. Es konnte nicht sein, dass Angestellte einer Firma, Göttern gleich, über ganze Welten gebieten. Alexander hatte recht. Es durfte zu keinem weiteren Massenmord kommen. Frank zog den Zettel, den ihm Alexander gegeben hatte, aus der Tasche.

*Die ersten fünf Millionen Simulationen beschäftigen sich mit trivialen volkswirtschaftlichen Veränderungen. Ja, Österreich wird auch die nächsten zweihundert Jahre die global führende Volkswirtschaft sein und ja, Wien wird die größte und fortschrittlichste Stadt der Welt bleiben. Nur ein Schwellenland wie die Vereinigten Staaten von Ameri-*

ka wird, überraschenderweise, erneut einen ähnlich hohen Lebensstandard erreichen wie Österreich und der Balkan. Aber all das ist trivial. Interessant werden die Simulationen ab zehn Millionen. In diesen werden komplexe Welten simuliert. Mein Team wurde zu folgenden Simulationen hinzugezogen:

12002026–12998100
16899198
39099192
42023042
100000000-110000000

Des Weiteren vermute ich selbstbewusste Individuen in folgenden Simulationen:

72091227
75090912
21000000–27000000

Fragen sie nach Außergewöhnlichem, nach Perfektion. Locken Sie WWS aus der Reserve. Man wird Sie beeindrucken wollen, da bin ich mir sicher.

# Georg Buckner

»Nun, da die erste Rechnung bezahlt ist, lässt man mich warten.« Frank kam dieser Gedanke etliche Male, während er in der Eingangshalle von WWS saß, die neben einer ästhetisch arrangierten Einrichtung nun auch jeglichen Personals entbehrte. Frank winkte in eine Kamera und nahm Platz. Zwanzig Minuten später erschien nicht Daniel Craemer, wie ausgemacht, sondern Georg Buckner. Dieser begrüßte Frank freundschaftlich. Wie einen alten Bekannten, den man lange nicht gesehen hat und dem man jedes Zuspätkommen augenzwinkernd vergibt.

»Herr Sahlen, entschuldigen Sie bitte meine Verspätung. Es ist eine außerordentliche Freude, Sie zu sehen. Sie können mich übrigens sehr gerne duzen. Ich bin Georg. Bitte folgen Sie mir.« Frank reichte ihm die

Hand und sagte »OK«. Georg würde es in weiterer Folge als Aufforderung zum »freundschaftlichen Du« auffassen.

Georg brachte Frank in eine Art Kabine, in der Frank seine Kleider aus- und einen neoprenartigen Ganzkörperanzug anziehen konnte. »Großartig!«, rief ihm Georg freudig entgegen. »Das wird großartig. Gibt es Präferenzen? Welche Welt willst du sehen?«

»Ich würde sehr gerne etwas technisch Ausgereiftes sehen. Ich bin Designer und verabscheue das Banale und Triviale. Etwas Komplexes und Aufwendiges würde mir gefallen.«

»Da habe ich genau das Richtige. Die einhundertmillionste Simulation. Natürlich nicht zufällig gewählt. Diese passt perfekt. Ich möchte noch darauf hinweisen, dass man nur ein Maximum von acht Stunden in der Simulation bleiben kann. Die meisten User verlassen sie aber zwischendurch öfter, um zu essen oder zu trinken und so weiter. Einfach unter den Anzug fahren und das Band am Bauch berühren, dann bist du draußen. In der Simulation kann im Übrigen nichts passieren. Du kannst dich nicht verletzten oder krank werden. Also sei ganz entspannt und genieß' die Reise.«

Georg verließ den Raum und begab sich in sein Büro. Er nahm einige Einstellungen an der betreffenden Simulation vor. Der Ankunftsort von Frank musste menschenleer sein. Zudem musste er für Frank einige Eckdaten seiner Identität in der Simulation einrichten. Ein Bankkonto, diverse Zertifikate oder eine Geburtsbescheinigung. All dies ließ sich schnell einrichten. Georg sandte eine Zusammenfassung dieser Eckdaten an Frank, der sie mit einem Lächeln und Nicken absegnete.

# Frank Sahlen

Frank befand sich auf der Oberfläche eines sechs mal sechs Meter großen 3D-Druckers. Dieser konnte Gegenstände und Formen der Simulation rudimentär und in Echtzeit entstehen lassen. Die Hologramm-Sphäre bemalte die so geschaffenen Oberflächen weiter und vervollständigte sie zu täuschender Echtheit. Zudem konnte sich der Untergrund des Druckers wie ein Laufband in alle Richtungen bewegen und passte sich genau an die Geh- oder Laufgeschwindigkeit an, sodass jemand, der in einer Simulation herumging, in der realen Welt stets an der gleichen Position blieb. Der Untergrund wurde je nach dem Boden, auf den man trat, hinsichtlich seiner Festigkeit und Beschaffenheit angepasst. Franks Anzug war mit abertausenden Sensoren und Stimulatoren ausgestattet. Zudem befanden sich auf seinem Kopf unzählige Elektroden zur transkraniellen Magnetstimulation. Frank hatte Zweifel, ob ihm die Technik ein authentisches Empfinden in der Simulation ermöglichen könnte. Er ging davon aus, eher passiver Beobachter mit sehr eingeschränkter Interaktionsmöglichkeit zu sein. Doch die ersten Schritte in der Welt 100000000 waren eine Überraschung. Frank fand sich im Belvedere Garten wieder. Er stand mitten im Gras und fühlte die Morgensonne in seinem Gesicht. Er setzte sich auf den Boden und grub seine Finger in das Gras. »Erstaunlich«, sagte er zu sich selbst. Es fühlte sich dicht und echt an. »Wie schaffen die das, die Welt so real erscheinen zu lassen?« Frank blickte Richtung Norden, dort wo er glaubte, die Krallen der Bagger würden dem sanften Gras immer tiefere Wunden zufügen. Doch vor ihm erhob sich das imposante Gebäude, in dem sich die Wohnung befand, derentwegen diese Welt existierte. Die Glasfassaden und Gärten fügten sich so achtsam in die Umgebung des Parks, als hätten Öko- und Technosphäre beschlossen, von nun an in enger Symbiose zu leben. Die Baumaschinen hatten keinerlei Narben hinterlassen und die Unversehrtheit des Parks unterhalb des Gebäudes war Ausdruck eines tiefen Einverständnisses zwischen der Natur und den Maschinen, sich gegenseitig wertzuschätzen. Frank beschloss, nicht in die Wohnung zu gehen. Er kannte die Pläne sehr genau und wollte sich das erste Betreten für die echte Welt aufheben. Er ging weiter Richtung Norden, um – nachdem er das alte Schloss des Gartens hinter sich gelassen hatte – auf den Gürtel zu treten. Plötzlich war er in der Stadt, voller Beton, voll von tausenden Autos, die ihre geordneten Bahnen zogen. Seitdem Frank die ersten Science-Fiction-Filme gesehen hatte, in denen Schwärme von Raumschiffen vollkommen geräuschlos durchs All flogen, verglich er die selbstfahrenden Autos mit ihnen. Sie glichen Raumschiffen, die durch ein Vakuum glitten, das jede Schallwelle schluckt. Sie waren nur noch zu sehen. Die Techniker waren zu weit gegangen. Sie hatten den Automobilen den Schall genommen.

Frank wusste, dass sich makellose Schönheit und Gesundheit nicht ein Leben lang erhalten ließen. Ihn zog es nicht in das Fitnesscenter, sondern in die Kneipe. Ein Künstler hat in der Selbstkasteiung nichts zu suchen und schon gar nichts zu finden. Im Rausch und im Laster lag alles Interessante. Er ging hinunter zum Naschmarkt und bog ins Universitätsviertel. Seine Stammkneipe gab es auch in der Erde 100000000. Frank nahm an der Bar Platz. Er war vom Herumlaufen in der Stadt sehr müde geworden. »Woher zum Teufel können die wissen, dass ich Edward kenne? Und trinke ich jetzt tatsächlich Bier?« Frank unterhielt sich mit Edward, dem Kellner. Zwar waren da enorme Wissenslücken, doch die Simulation war gut, sogar sehr gut! Dennoch mochte Frank diese Simulation nicht. Alles war zu glatt und zu perfekt. Die Leute waren bedingungslose Optimisten. Man investierte in Wien in dem Glauben, die nächste Generation könne nur in dieser Stadt bleiben. Alles würde immer nur besser werden und jedwedes Wachstum könne nur weitere Segnungen bringen.

Frank stieg aus der Simulation aus. Es dauerte einige Minuten, bis Georg Buckner den Raum betrat. »Die Charaktere sind einander zu ähnlich. Es ist so, als hätte ein Fieber der Freundlichkeit und des Optimismus jeden einzelnen Bewohner der Stadt befallen. Ich glaube, dass, selbst wenn in Wien das Paradies auf Erden geschaffen wird, die Leute immer noch unfreundlich und missmutig sein werden.« Georg lachte und stimmte ihm zu. Er verschwand wieder aus dem Raum und nahm im Serverraum einige Einstellungen vor. Kurz darauf fand sich Frank wieder in dem Garten vor dem Haus. Dieses stand wieder genauso imposant vor ihm, wie in der letzten Simulation. Es war Abend und ein Sonnenuntergang, der alle Querelen des Tages versöhnen konnte, tauchte die Stadt in ein rötliches Licht. Frank dachte nicht an die Sonne, sondern fühlte sich daran erinnert, wie der Himmel Feuer fing, wenn aus den Hochöfen der Stadt glutflüssige Schlacke abgekippt wird. Ohne Umwege ging Frank ins Universitätsviertel. Die Stadt machte auf ihn einen Eindruck wie immer. Unaufgeregt. Er trat in eines der Lokale, das es in der echten Welt nicht gab, bestellte Bier und kam mit einer kleinen Gruppe von Digitalkünstlern, Wissenschaftlern und Studenten ins Gespräch. Frank blieb nur kurz. Er verließ die Kneipe und ging zurück in den Park, um das Wohnhaus näher zu betrachten.

# Maria Ceko

Wenn Maria am Naschmarkt einkaufte, nahm sie niemals ein Auto, um nach Hause zu fahren. Selbst im Winter trug sie die prallvollen Einkaufstaschen durch die matschigen Straßen und die verschneiten Wege im Park. Die Trennung von ihrem Mann vor zwei Jahren hatte sie inzwischen überwunden. Die neue Wohnung hat dazu viel beigetragen. Im Zuge des Scheidungsverfahrens machte ihr Ex-Mann nach einem Jahr Rosenkrieg den Vorschlag, ihr eine Wohnung in Wien zu kaufen, wenn sie jedweden Anspruch auf das gemeinsam gebaute Haus fallen ließ. In das Haus zog die Neue ein. Maria hingegen genoss ihre wiedergewonnene Freiheit. Bis auf einige Besucher, die sie alle paar Wochen bei sich übernachten ließ, ging sie Männern aus dem Weg. So auch dem schlecht Gekleideten, der sich unter dem

Haus und zwischen den Pfählen aufhielt und so tat, als würde er etwas suchen. Sollte sie die Polizei rufen? Sie könnte es inzwischen fast jeden Tag tun. Der Park war zwar noch immer für die Öffentlichkeit gesperrt, doch in den letzten Monaten fanden sich immer mehr suspekte Gestalten in dem Park. Das Haus war zwar auf Pfählen gebaut, doch Maria beschlich ein ungutes Gefühl, wenn sie daran dachte, dass sie über dem versammelten Elend ein glückliches Leben führen sollte. Sie fühlte sich zudem unsicher, wenn sie von Obdachlosen und Verwahrlosten beobachtet wurde, während sie zum Eingang des Liftschachtes ging und die Türe mit zitternder Hand öffnete. Der Grund unterhalb des Hauses war nicht umzäunt, da dieser zum Park und nicht zum Wohngebäude gehörte. Ein furchtbarer Fehler, wie Maria fand. Die Stadtregierung reagierte auf Beschwerden der Bewohner mit einer kurzfristigen Erhöhung der Polizeipräsenz im Park, die in der Regel einige Abmahnungen zur Folge hatte. Zudem beschilderte das Stadtamt für Parkpflege die Außenmauern des Parks, um über die Besitzverhältnisse aufzuklären. Doch ein über eintausend Quadratmeter großer, vom Regen geschützter Raum unterhalb des Hauses zog die Ärmsten der Armen an. Maria hatte mit den in Schlafsäcken zusammengekauerten Menschen Mitleid. Selbst kleine Kinder träumten in manchen Nächten auf Kartonagen von einer besseren Welt. Doch der tägliche Anblick und das Betteln um Almosen waren zu viel für sie. Zudem kamen Gruppen von Jugendlichen, vor denen sie Angst hatte. »Wenn das noch schlimmer wird, kann ich nicht

mehr durch den Park spazieren und muss alles mit dem
Auto über die Tiefgarage machen«, sagte sich Maria
halblaut. Die Zufahrt in die Tiefgarage wurde über eine
auf künstlicher Intelligenz basierenden Identitätsfeststel-
lung reguliert. Diese Route war sicher, aber nicht begrünt.

Was der schlecht gekleidete Mann zwischen den
Pfeilern tat, kam Maria zunehmend rätselhaft, ja beinahe verdächtig vor. Nach einem Schlafplatz konnte er
nicht suchen. Er sah nicht aus wie ein Obdachloser. Er
betrachtete die Pfeiler mit größter Akribie. Hin und
wieder sah er sich um, setzte sich und berührte mit beiden Händen das Gras oder die Steine am Boden und
schloss die Augen. Über kleine Risse in den Säulen
strich er mit seinen Fingern oft mehrere Minuten. So,
als könne er nichts sehen und wäre darauf angewiesen,
den Raum unter dem Haus mit seinen Fingern zu ertas-
ten. Inzwischen stand Maria bereits fünfzehn Minuten,
verborgen von den umliegenden Bäumen im dämmri-
gen Abendlicht, vor dem Haus. Der Mann wirkte immer verdächtiger. Maria trat aus dem Schatten der
Bäume hervor: »Was haben Sie hier zu suchen? Verschwinden Sie aus diesem Park. Hier darf man nur mit
Schlüssel rein. Ich rufe die Polizei.« Demonstrativ hielt
sie ihr Telefon wie eine Waffe in die Höhe. Der Mann
riss beide Hände in die Höhe, als würde er mit einer
Schusswaffe bedroht. »Das muss ein Missverständnis
sein!« Er ging langsam in Marias Richtung. »Halt!
Kommen Sie nicht näher.«

Der Mann blieb stehen und nahm seine Hände runter. Er kramte in seinen Hosentaschen und zog einen Schlüssel raus, den er freudig in die Höhe hielt. »Sehen Sie, das ist ein Missverständnis. Ich habe einen Schlüssel zum Park. Mehr noch. Ich wohne in diesem Haus. Oberster Stock!« Er hielt den Schlüssel in seiner Faust, die er nach oben gestreckt hatte. Er ging zu dem Liftschacht und öffnete die Türe. Mit einem einladenden Lächeln hielt er die Türe für Maria auf, die mit gesenktem Blick in den Liftschacht schritt.

»Es tut mir leid!«, sagte sie. »Ich wusste nicht, was Sie hier unten tun. Der Park verwahrlost immer mehr und ich habe Angst. Ich habe Sie hier noch nie gesehen. Ich wusste nicht. Mir war nicht klar. Bitte entschuldigen Sie!«

»Zerbrechen Sie sich nicht den Kopf.« Der Mann hielt ihr einladend die Hand entgegen und stellte sich als Frank vor. »Ich wohne erst seit wenigen Tagen in dem Haus und wollte die Bausubstanz des Hauses inspizieren. Ich muss in der Tat einen sonderbaren Eindruck auf Sie gemacht haben. Ich möchte mich entschuldigen, Sie verängstigt zu haben. Bitte lassen Sie mich Ihnen helfen, Ihren Einkauf nach oben zu tragen. Welchen Stock darf ich auswählen?«

»Drei.«

Maria war von dem höflichen und dennoch bestimmten Umgangston erstaunt und wollte mehr über den Mann erfahren.

# Daniel Craemer

»Was macht Sahlen in der Simulation? Welche zeigst du ihm?«

»Er befindet sich in der Erde 12002026. Eine ziemlich realistische Simulation, die der Zukunft wohl sehr nahe kommen wird«, entgegnete Georg.

Daniel sah auf den Bildschirm und ging die Daten durch. »Wie lange ist er schon da drinnen?«

»Circa zwei Stunden.«

»Es wundert mich, dass er noch einmal zu uns gekommen ist. Gerowski und Sahlen wollten anfangs keine der Simulationen besuchen. Auch dass er alleine hier auftaucht, ist sonderbar. Mich würde interessieren, aus welchem Grund er seine Meinung geändert hat.«

»Das kann ich dir nicht beantworten, Daniel. Ich finde es auch sehr merkwürdig. Er war zuerst in einer anderen Simulation, doch diese hat ihm nicht gefallen. Seine neuronalen Muster deuten darauf hin, dass er die Simulation, in der er sich momentan befindet, als sehr interessant empfindet. Er hat sich zuerst ins Universitätsviertel begeben und hat dort mit einigen Studenten in einer Kneipe gesprochen. Momentan befindet er sich im Belvedere Garten in der Nähe des Wohnhauses und redet mit einer Bewohnerin.«

»Hast du ihm gesagt, dass wir zusehen?«

»Er glaubt, vollkommen alleine zu sein.«

»Sehr gut, Georg. Bitte zeichne alles auf und lass sein Verhalten in der Simulation von den Programmen prüfen. Ich habe ein ungutes Gefühl. Wenn Menschen entgegen ihres ursprünglichen Planes ihr Vorgehen verändern, muss irgendwas passiert sein. Bitte erstelle einen detaillierten Bericht und sende ihn mir bis morgen. Ich möchte dem nachgehen. Hat er mit weiteren Leuten innerhalb der Firma gesprochen?«

»Nein. Lediglich mit den Personen, mit denen er am ersten Tag Kontakt hatte. Es muss nichts heißen, dass er zurückgekommen ist. Vielleicht wurde seine Neugierde schlicht zu groß.«

»Wie bereits beim ersten Besuch von Gerowski und Sahlen erwähnt: Ich hatte von Anfang an ein ungutes Gefühl bei Frank Sahlen. Er versteht die Technologie nicht im Ansatz. Die Analyse seines Verhaltens in der Simulation wird uns Aufschlüsse über seine Motive geben. Bitte leite auch alle Zwischenberichte der Analyseprogramme an mich weiter.«

# Georg Buckner

Nachdem Daniel das Büro verlassen hatte, wandte sich Georg wieder der Arbeit zu. Er startete die Programme, wie es ihm von Daniel aufgetragen worden war. Nun würden Algorithmen jeden Schritt von Frank überwachen und interpretieren. Für Georg bestand keine Notwendigkeit mehr, ihn zu beobachten. Er minimierte das Fenster, in dem die Daten zur Simulation 12002026 zusammenliefen, und widmete seine Aufmerksamkeit der Erstellung des nächsten Zwischenberichts für das Projekt. Der geplante Wohnungskauf erschien Georg anfangs als ein triviales Problem. Mit den ersten Ergebnissen der Simulationen musste er seine anfängliche Meinung jedoch revidieren. Es gab einige Parameter, die sich für die weitere Wertentwicklung der Immobilie sehr nachteilig auswirken konnten. Das größte Problem lag in dem Zugang zum Park. Wurde dieser weiterhin streng reguliert werden, bestand kein Zweifel an einer positiven Wertentwicklung der Wohnung. Doch sollte die Stadtregierung den Zugang nicht ausreichend kontrollieren, würde der Park sehr wahrscheinlich verwahrlosen. Dies lag, den ersten Ergebnissen der Simulationen zufolge, an einem Fehlen von Freizeitanlagen im Park, sodass gut situierte Wiener eher andere Grünflächen aufsuchen würden. Zudem befand sich der Park in unmittelbarer Nähe zum Hauptbahnhof und die Touristen, die das Schloss am Nordflügel des Parks besuchten, stellten eine Haupteinnahmequelle für Bettler und Taschendiebe dar.

Des Weiteren fand Georg, dass in zwei Prozent der Simulationen nur Anna Gerowski die Wohnung bezog. Er hielt dies anfangs für einen eigentümlichen Irrtum eines Programmierers und öffnete die Log-Dateien des Simulationsprojektes. Georg ließ sich anzeigen, wer die betreffenden Simulationen erstellt hatte und fand dabei nichts Unübliches. Die betreffenden Simulationen tauchten in der Arbeit mehrerer Kollegen auf. Frank zog aus verschiedensten Gründen nicht in die Wohnung mit ein. Von Scheidung über Krankheit bis zum Tod von Frank war alles dabei. Georg führte einige statistische Tests durch, um zu ergründen, ob die betreffenden Simulationen im Rahmen der zu erwartenden Schwankungen lagen. Der Computer warnte ihn jedoch, aus diesen Analysen Schlüsse abzuleiten, da das zugrundeliegende Datenmaterial nicht ausreichen würde, um diese Frage mit hinreichender Präzision beantworten zu können. Georg beschloss, dem Gesetz der großen Zahlen folgend, weitere Simulationen zu starten, um diesen Aspekt noch besser zu verstehen. Es handelte sich um eine interessante Anomalie, die er in anderen Projekten noch nicht gesehen hatte.

Auf einen kleinen Notizzettel neben seiner Tastatur schrieb er ein Passwort, welches er für die Erstellung eines neuen Projektverzeichnisses angelegt hatte. Er kopierte die betreffenden Simulationen in das Verzeichnis und instruierte den Hauptrechner, die Erstellung von zwei Millionen zusätzlichen Simulationen vorzubereiten. Georg ließ sich eine Liste der Parameter erstellen, die sowohl mit dem alleinigen Einzug von Anna Gerowski in die Wohnung korrelierten als auch antikorrelierten. Daraus erstellte er durch Permutation eine viel umfangreichere Liste, die es dem Rechner ermöglichen sollte, genug Welten zu simulieren, um der Frage nachzugehen.

Georg arbeitete in diesem eigens angelegten Verzeichnis, da er nicht vorhatte, die Resultate dieser zusätzlichen Simulationen den beiden Kunden mitzuteilen. Nichts war dem Geschäft abträglicher, als eine schlechte Botschaft. Alle Analyseprogramme von WWS kamen zu dem Schluss, dass sowohl Anna Gerowski als auch Frank Sahlen die Wohnung unbedingt kaufen wollen. Ihre Körpersprache legte dies eindeutig nahe. Georg wollte sie in dieser Absicht unterstützen, es sei denn, es würden eindeutige Hinweise auf einen rapiden und vollständigen Wertverfall gefunden werden. Eine geringe Anzahl von Anomalien wollte Georg ignorieren.

# Solaris 0221

Alle Vitalzeichen der Wohnung befanden sich im Optimum. Die Roboter vollführten geräuschlos ihre Arbeit. Der Hauptspeicher war mit der Archivierung von Dateien beschäftigt, als die Sensoren der Eingangstüre den Eintritt von Maria Ceko registrierten. Sie war nicht alleine. Ein etwa Mitte vierzigjähriger Mann betrat das Vorzimmer nach ihr. Solaris 0221 startete ein Unterprogramm zur Analyse menschlicher Bewegungsmuster. Der Begleiter wirkte verkrampft und unsicher. Solaris startete Musik und änderte Raumduft, Beleuchtung, Temperatur und Luftfeuchtigkeit, um Entspannung zu fördern. Der Wein im Weinschrank war perfekt temperiert, als Maria Ceko nach einer Flasche Veltliner griff, um danach Richtung Terrassentür zu gehen. Solaris fuhr die Markise ein, sodass der Abendhimmel ein angenehmes Licht auf die südseitig gelegene Terrasse warf. Die Terrasse war mit unzähligen Blumentöpfen begrünt, aus denen Palmen, Tomatenstauden und Kräuter wucherten. Aus den oberen Stockwerken entsprang ein Wasserfall, dessen monotones Getöse den Stadtlärm in weite Ferne rücken ließ. Trotz der von Solaris ergriffenen Änderungen wirkte der Mann nach wie vor unruhig und innerlich aufgewühlt. In seiner Stimme lag ein Unterton, der viele Aussagen als mögliche Lügen entlarvte. Sobald der Mann von sich sprach, registrierte Solaris eine gesteigerte Unsicherheit. Auch einige Angaben zu seiner Person konnte Solaris nicht verifizieren und speicherte diese als Anomalien in einem eigens angelegten Unterordner ab. Auch die Wortwahl des Mannes divergierte, in einer Solaris nicht bekannten Weise, vom üblichen Sprachgebrauch. Der Begleiter verwendete den Konjunktiv vier Komma zwei Mal häufiger als deutschsprachige Menschen ähnlichen Alters. Der Satzbau war ungewöhnlich lange und die Sprachmelodie in Fragesätzen war keiner regionalen Variante des Deutschen zuzuordnen. Der Begleiter bezog sich im Gespräch mit Maria zudem auf Autoren und Komponisten, die Solaris in den Datenbanken nicht finden konnte. All das speicherte der Wohnungscomputer zur späteren Durchsicht für Maria ab. Der Begleiter wurde als nicht unmittelbar gefährlich klassifiziert, dennoch würde Solaris ein Memo verfassen, in welchem das Ausmaß der nicht verifizierbaren Aussagen, darunter auch das Nichtaufscheinen seines Namens im Grundbuch, sowie die unorthodoxe Sprache protokolliert wurden.

»Solaris, bitte kühl noch eine Flasche Wein ein. Veltliner. Du weißt schon, von dem, der mir so schmeckt!«, rief Maria, mit vom Lachen und Wein geröteten Backen, in den dunklen Schlund der Wohnung. Von dort drang Solaris Stimme: »Eine Flasche grüner Veltliner, des Weingutes Gerhard Leeb, wird in siebenundzwanzig Minuten und zweiunddreißig Sekunden die optimale Trinktemperatur erreicht haben.«

Maria und der Gast lachten und imitierten den Wohnungscomputer, während sie sich weiteren Wein nachschenkten.

Solaris errechnete, dass die Alkoholkonzentration in Marias Blut inzwischen 0.6 bis 0.64 Promille betrug. In neunundsechzig Prozent der Fälle, in denen Maria ähnlich viel getrunken hatte und einen männlichen Begleiter zum ersten Mal in die Wohnung eingeladen hatte, kam es im Laufe des Abends zu sexuellen Kontakten. Solaris erhöhte in Folge dieser Analyse die Temperatur des Schlafzimmers um zwei Grad und schaltete die Bettheizung ein. Zusätzlich wurde die Fußbodenheizung im Badezimmer neben dem Schlafzimmer in Betrieb genommen. Zwei weitere Flaschen Wein wurden von Solaris gekühlt.

# Anna Gerowski

Das Privileg, bei einem Arztbesuch nicht warten zu müssen, muss teuer erkauft werden. Anna empfand es als unzumutbar, wertvolle Zeit in einem Wartezimmer zu vergeuden. Zudem waren die Warteräume der Arztpraxen Inkubatoren, in denen die Parasiten und Erreger horizontal von einem Körper zum nächsten sprangen. In diesen Räumen regierten Schwäche und Krankheit, die für Anna hoch ansteckend waren und über Auswurf, Niesen, Schuppen, Atem und Ausdünstungen Verbreitung fanden. Sie verabscheute die zu eng aufgestellten Sessel und die kleinen Tische mit abgegriffenen Magazinen, auf deren Oberfläche die Keime tausender Menschen lauerten. Wohlhabend zu sein heißt, sich vorrangig vom Dichtestress befreien zu können und Räume ganz für sich beanspruchen zu können.

Anna wurde von dem Empfangspersonal der Ordination für Humangenetik herzlich begrüßt und nahm auf einer einladenden Ledercouch Platz. Ihr wurde ein Glas Minzwasser gebracht und wenige Minuten nach ihrem Eintreffen begrüßte sie der Leiter der Praxis überaus höflich. Sie folgte dem Biowissenschaftler in den Behandlungsraum, in dem Zeit keine Rolle zu spielen schien. Der Biologe klappte seinen Rechner zu und bündelte seine ganze Aufmerksamkeit auf Anna. Er fragte nach ihrem Befinden in der noch kurzen Schwangerschaft und hörte Annas Ausführungen mit verständnisvollem Nicken zu. Danach klappte er den Bildschirm seines Computers auf und sagte: »Sie gestatten mir, Frau Dr. Gerowski, einige Aufzeichnungen zu Ihren Ausführungen zu machen.«

Anna nickte und der Biologe begann einige Notizen zu erstellen, die er halblaut vorlas. Er hätte die automatische Sprachverarbeitungs-Software verwenden können, doch das Vorlesen und Wiederholen erschien ihm höflicher. Als er fertig war, klappte er den Monitor ein und wandte sich Anna zu.

»Ich möchte Ihnen nun die Resultate der genetischen Untersuchung mitteilen, die wir in den letzten Wochen durchgeführt haben. Zur Darstellung der Ergebnisse möchte ich Sie bitten, mir in unseren Medienraum zu folgen, in dem wir die Ergebnisse für Sie am besten verständlich übermitteln können. Da Sie in den Lebenswissenschaften tätig sind, habe ich mir erlaubt, einen detaillierten Bericht der Ergebnisse zu verfassen, den ich Ihnen nach ihrem Besuch zukommen lassen werde. Ich möchte mich nun auf die zentralen Ergebnisse konzentrieren.« Der Biologe stand auf und bat Anna, ihm zu folgen.

»Wir haben Ihrem Blut über einen Zeitraum von fünf Wochen Zellen von Ihnen und Ihrem ungeborenen Kind entnommen und deren DNS und RNS sequenziert. Dazu haben wir DNS-Sequenzen von Ihrem Mann aus unserer Datenbank entnommen und alle Datensätze gemeinsam analysiert. Wir haben aus den Daten die Entwicklung des Embryos nachgerechnet, um die weitere Entwicklung vorherzusagen. Dabei kamen wir zu dem Ergebnis, dass ein nicht unerhebliches Risiko besteht, dass Ihr Kind einen um bis zu zwanzig Punkte niedrigeren IQ haben könnte als Sie.« Anna saß regungslos in dem Sessel und blickte auf das Hologramm vor sich. Dort rotierte eine 3D-Darstellung des Gehirns des Fötus. Daneben wurde eine Grafik gezeigt, die eine strukturelle Anomalie der Dendritenbäume der Nervenzellen darstellte. Annas Hände zitterten und die Farbe wich aus ihrem Gesicht. Der Wissenschaftler sah die heftige Reaktion und fuhr fort: »Ich möchte Sie bitten, diese Erkenntnisse lediglich als Wahrscheinlichkeit zu interpretieren. Das menschliche Gehirn ist überaus plastisch und durch optimale nachgeburtliche Förderung kann dieser Defekt sehr wohl ausgeglichen werden. Dennoch besteht ein kleines Risiko, dass ihr Kind einen niedrigeren IQ haben wird. Ein IQ, der in jedem Fall noch über dem Durchschnitts-IQ der Gesellschaft liegen wird. Sie brauchen sich nicht zu sorgen. Die niedrigere Expression postsynaptischer Proteine, die dieser

Störung zugrunde liegt, kann zwar pharmakologisch noch nicht ausgeglichen werden, doch intensive frühkindliche Förderung hat bei ähnlichen Fällen exzellente Resultate erzielt.«

»Ein um zwanzig Punkte niedrigerer IQ würde bedeuten, dass mein Kind in keine einzige Eliteschule gehen kann. Einhundertfünfunddreißig Punkte sind dort der Richtwert. Das kann ja nicht sein.« Anna sah den Wissenschaftler entgeistert an.

»Frau Doktor, Sie wissen, dass es sich hierbei nur um eine Wahrscheinlichkeit handelt. Ihr Kind wird kerngesund. Es wird sich prächtig entwickeln. Die kognitiven Fähigkeiten hängen von vielen Faktoren ab. Ich bin mir sicher, dass Sie sich großartig um Ihr Kind kümmern werden. Als Wissenschaftler muss ich Ihnen diese Resultate mitteilen. Zwanzig Punkte weniger sind ein sehr unwahrscheinliches Szenario. Dennoch besteht ein Risiko. Die Ergebnisse unserer Untersuchung sollten Sie lediglich dazu anspornen, Ihr Kind vom Säuglingsalter an bestmöglich zu unterstützen und kognitiv zu fördern. Haben Sie mit Ihrem Lebensgefährten schon über die Schwangerschaft gesprochen?«

»Nein.«

»Tun Sie das.«

»Ich weiß nicht, wie ich ihm diese Nachrichten übermitteln soll. Es sollte der glücklichste Moment unseres Lebens werden. Jetzt werden wir in Sorge sein. Ich weiß nicht, ob ich das kann. Was, wenn er das Kind nicht will? Alles hängt doch vom IQ ab.«

»Machen Sie sich keine Sorgen. Er wird das Kind lieben, egal was passiert. Ihr Kind wird gesund sein. Bieten Sie ihm ein gutes Zuhause und alles wird gut. Unsere Gesellschaft hat den IQ pervertiert. Das wird sich bestimmt wieder ändern. Alle Chancen von Kindern in eine Zahl zu gießen, ist doch sinnlos. Seien Sie guter Dinge. Sie werden Mutter!«

»Einfach herumfahren.« Die Abfahrt von einer Ordination für Humangenetik und die psychische Anspannung, unter der Anna stand, veranlassten das Auto, das Seitenfenster zu öffnen und langsam die historischen Bauten des Stadtzentrums zu umrunden. Warmer Sommerwind trug Zuversicht durch die Stadt, die auch von Anna Besitz ergriff. Es lag Veränderung in der Luft. Seit Jahrzehnten bestimmte der IQ eines Menschen in den ersten Lebensjahren alle späteren Schritte. Doch Anna war bemüht, dies in ihrem Unternehmen zu ändern. Sie wollte Menschen nicht länger nur nach dem IQ einstellen. Viele andere Firmen taten bereits Ähnliches. In zehn, oder zwanzig Jahren würde alles anders sein. Anna entspannte sich bei dieser Vorstellung. Sie blickte aus dem Fenster und spürte, dass sich das Gefühl des Kontrollverlustes verflüchtigte. Schließlich kamen ihre Gedanken zur Ruhe, wie die See nach einem aufpeitschenden Sturm.

Anna dachte an ihre eigene Kindheit. Einige Tests in ihren ersten Schuljahren hatten ihr gesamtes Leben bestimmt. Mit acht Jahren besuchte sie eine der besten Schulen der Welt. Ihr IQ öffnete Anna alle Türen. Sie brauchte nur hindurchzugehen. Für viele blieben diese Türen jedoch verschlossen. Trotz harter Arbeit, Hingabe und Aufopferung konnten Menschen, die in den kognitiven Tests nicht hinreichend gut abschnitten, ihren weiteren Weg nicht selbstbestimmt wählen. Anna hatte dies stets als notwendige Beschränkung der persönlichen Freiheit betrachtet. Sie, die sie keinerlei Einschränkungen in ihrer Schul-, Studien- oder Berufswahl erfahren hatte, hatte stets an das zentrale Diktum geglaubt, dass eine Gesellschaft nur dann funktionieren kann, wenn die intelligentesten Individuen bestmöglich gefördert werden, um danach die Schlüsselpositionen zu übernehmen. Doch seit dem Beginn ihrer Schwangerschaft kam ihr Zweifel. Anna sah ihre Welt mit Metriken und Ranglisten durchzogen. Alle Bereiche des Lebens wurden quantifiziert. In Internet-Medien, Zeitungen und selbst in Gesprächen mit ihren Freundinnen ging es meistens um Vergleiche. Doch hinter den Versuchen, Vergleichbarkeit herzustellen, sah Anna unzulässige Operationen, die von dem Wunsch beseelt waren, eigene Interessen durchzusetzen. »Haben wir das Spiel mit der Metrik zu weit getrieben?«, fragte Anna sich selbst und bewunderte die prachtvollen Gebäude, die die Wiener Innenstadt umgaben.

# Frank Sahlen

Als Frank mit seiner rechten Hand Marias Brüste streichelte und sie küsste, dachte er seit mehreren Stunden
wieder daran, dass er sich in einer Simulation befand. Es
war erstaunlich, wie lebensecht die Welt gestaltet war.
Er hatte viele Fragen, die er Georg Buckner diesbezüg-
lich stellen wollte. Maria zog ihn in ihr Schlafzimmer.
Sie drückte sich eng an ihn. Doch weiter konnte er nicht
gehen. Er konnte nicht mit einem Hologramm vor den
Kameras von WWS schlafen. Wie sollte das überhaupt
funktionieren? »Wir können nicht miteinander schlafen!
Das geht zu schnell. Du bist eine wunderbare Frau, wir
sollten uns Zeit lassen.«

Maria zog ihn zu sich und flüsterte ihm eine Obszö-
nität ins Ohr. Danach biss sie Frank ins Ohrläppchen

und drückte ihn daraufhin leicht von sich weg. »Du hast recht! Wir haben alle Zeit der Welt.«

Maria strich ihm übers Gesicht und ging zurück ins Wohnzimmer. Frank blieb stehen, als hätte die Zeit vergessen, ihn in ihren Fortgang einzubinden. Er atmete tief durch und beschloss, die Wohnung so schnell wie möglich zu verlassen. Er konnte nicht in Marias Nähe bleiben, da er wusste, dass die Zeit dieser Welt sehr kurz sein würde. Jetzt zu reden wäre Irrsinn. Er musste handeln.

Er ging auf die Terrasse, auf der Maria inzwischen Platz genommen hatte, und umarmte sie von hinten. »Ich werde dich retten. Das verspreche ich!«

Maria blickte Frank verwundert an. Sie wusste nicht, wovor er sie retten sollte. Doch dass sie vor etwas gerettet werden musste, war ihr mit einem Mal klar. Sie kannte Frank erst wenige Stunden. Trotzdem war ihr klar, dass er ein Verständnis über die inneren Zusammenhänge ihrer Welt besaß, wie sie das noch niemals zuvor bei jemandem beobachtet hatte. Seine gesamte Erscheinung war ein statistischer Ausreißer. Für Maria gab es eine Handvoll Kategorien, in die sie alle Menschen einzuteilen pflegte. Das System war einfach und, wie sie befand, erstaunlich mächtig. Maria sagte von sich, dass in ihrem Gehirn unentwegt ein Clustering Algorithmus ablaufen würde. Sie hatte keine mathematische Ausbildung, die über Grundkenntnisse hinausging, doch dieser umständliche Begriff hatte sich seit ihrem Psychologiestudium in ihr Denken eingebrannt. Je mehr Maria über diese Methode las, desto überzeugter war sie, dass dieser Algorithmus ein zentraler Bestandteil ihres Denkens war. Aus ihr unerklärlichen Gründen besaß sie eine Intuition oder gesteigerte Begabung, die Menschen um sich herum überaus akkurat in einige wenige Kategorien einzuteilen. Die Eckpunkte einer Biografie oder einige persönliche Vorlieben reichten aus, um die Menschen zu durchschauen und sich in Gesprächen richtig auf sie einzustellen. Maria fand leicht die passenden Gesprächsthemen und verstand es, jemanden nach Belieben um den Finger zu wickeln. Egal, wem sie gegenüber stand. Dem rebellischen Karrieristen, der seine Individualität mit extravaganten Reisen und Besitztümern zelebriert und während des Wein- oder Whiskeygenusses über die entscheidenden Wendepunkte in seinem Leben referiert. Oder dem ängstlich Loyalen, der jedem Kontrollverlust mit innerer Panik und nach außen gespieltem Gleichmut zu begegnen pflegt, eigentlich aber auf jede Herausforderung durch den Abschluss von Versicherungen oder durch Übung voreingestellt sein will. Maria kannte sie alle. Sie wusste, welche Bücher sie lasen, welche Partner sie suchten, welchen Sport sie trieben und welche Parteien sie wählten. Es traf nicht immer alles zu, doch die Grundtendenz stimmte stets. Frank wird sie zu einem späteren Zeitpunkt aufklären, dass in ihrem Geist tatsächlich ein sogenannter k-means Clustering Algorithmus lief, den WWS in der Simulation ihrer Person etwas dominanter als sonst positioniert hat. Das Subprogramm Maria Ceko rief innerhalb der ersten drei Komma vier Millisekunden nach Erstbegegnung mit einem Menschen ein Programm auf, das nach verwertbaren Daten für ein Clustering sucht. Wenn genug Information gesammelt wurde, startet das Clustering Programm, das jede Person einer Kategorie zuweist. Die Anzahl der Kategorien, beziehungsweise der Cluster, hat sich mit zunehmendem Alter von Maria verändert und befand sich, als sie Frank kennenlernte, bei $k = 19$.

Doch Frank war keiner Kategorie zuzuweisen. Keine Schablone passte auf ihn. Er sprach anders, dachte anders und argumentierte anders als alle Menschen, die Maria kannte. Er schien sich mit einer Art von Kunst zu beschäftigen, die Maria vollkommen fremd war. Er kannte kein Werk der zeitgenössischen Komponisten, konnte aber begeistert über Orchestermusik sprechen. Er hatte kein Buch eines ihr bekannten, noch lebenden Philosophen gelesen, vermochte aber dennoch mit erstaunlicher Leichtigkeit über alle philosophischen Belange zu diskutieren.

Frank verließ die Wohnung und hastete durch das Stiegenhaus nach unten. Auf halbem Weg griff er unter seinen Anzug, um die Simulation zu verlassen.


Georg Buckner begleitete Frank zum Hauptausgang von WWS. Er wies ihn eindringlich darauf hin, dass er mit niemandem über seine Erfahrungen sprechen durfte, da er vertraglich zur Geheimhaltung verpflichtet war. Frank bejahte und dankte ihm ausdrücklich, dass er die Möglichkeit wahrnehmen hatte können, in eine Simulation einzutauchen. Frank verbarg seine Aufgebrachtheit hinter der Begeisterung, die er für die technische Realisierung empfand. Buckner gegenüber kam er aus dem Schwärmen kaum heraus.

Anna war bereits im Bett. Frank nahm auf der Couch Platz und verdunkelte den Raum. Nun war das Schauspiel vorbei. Er empfand Verachtung. Für WWS und für sich selbst. Die Technologie war atemberaubend. Genau darin lag die Gefahr. Er hatte nicht eine Sekunde Zweifel, dass Maria Ceko Selbstbewusstsein besaß. Er hatte auch keine Zweifel, dass die Begegnung mit Maria kein Zufall war.

# Maria Ceko

So plötzlich Frank in Marias Leben getreten war, so plötzlich hatte er es auch wieder verlassen. Maria klingelte im Abstand weniger Tage und lauschte danach tief in die Stille hinter seiner Wohnungstür. Nach Einbruch der Dunkelheit glichen die Fenster seiner Wohnung schwarzen Kacheln, die zu gefrieren schienen, da die wärmende Geschäftigkeit des Alltags dahinter nicht loderte. Maria saß bis spät in der Nacht vor ihrem Computer und recherchierte, wer dieser Frank Sahlen war. Sie war erstaunt, dass sich im Netz keine Informationen über ihn finden ließen. Dies war überaus merkwürdig. Noch nie hatte sie einen Mann kennengelernt, der kein digitales Spiegelbild besaß. Er glich einem Lebewesen, das keine Spuren hinterließ und keinen Schatten besaß. Ein Mensch aus der Tiefsee. Sie dachte oft an die gemeinsame Zeit und instruierte den Wohnungscomputer, kurze Aufnahmen wieder vorzuspielen. Sie suchte nach den Namen der zeitgenössischen Philosophen und Künstler, die Frank erwähnte, doch auch diese Personen existierten nicht in dem digitalen Archiv ihrer Welt. Maria ließ den Computer Hypothesen aufstellen, doch nichts schien ihr plausibel. Frank war aus einer vergangenheitslosen Dunkelheit in Marias Lichtkegel getreten und hatte diesen ohne Erklärung wieder verlassen. Maria stand indes alleine auf der Bühne und versuchte aus dem Lichtkegel heraus Umrisse in der Dunkelheit zu deuten.

Maria schrieb ihm Nachrichten, die sie in sein Postfach warf oder unter der Tür in seine Wohnung schob. Ganz altmodisch, so wie es in alten Filmen gezeigt wird. In Ermangelung einer digitalen Adresse oder einer Telefonnummer musste Maria auf diese alten Kommunikationskanäle zurückgreifen. Doch von Frank kam nichts.

Selbst die Hausverwaltung konnte keine Auskunft geben. Frank Sahlen habe die Wohnung vor einem halben Jahr bezahlt, doch über seinen derzeitigen Aufenthaltsort wisse man nichts. Die Betriebskosten würden mittels eines Dauerauftrages fristgerecht überwiesen. So sammelte Maria das Werbematerial, das vor Franks Wohnungstür abgelegt wurde, um es ihm eines Tages übergeben zu können. Die Monate verstrichen und sie konnte nicht aufhören, an ihn zu denken.

# Frank Sahlen

Das Treffen mit Alexander wurde wieder am Markt, unweit der Stadtbahnbögen vereinbart. Frank erspähte Alexander sogleich. Er saß auf derselben Bank, auf der sie sich wenige Tage zuvor unterhalten hatten.

»Und? Sind Sie nun überzeugt?« fragte Alexander.

»Ja.«

»Ich habe Ihnen doch gesagt, dass es sich um Menschen handelt.«

Frank stützte seine Ellenbogen auf den Knien ab und faltete die Hände. Er überlegte kurz, ob er Alexander von Maria erzählen sollte. Er kannte den Mann kaum und beschloss, sein Gefühlsleben nur oberflächlich anzusprechen.

»Ich empfinde es als ausgesprochene Seltenheit, eine Frau zu treffen, mit der man schon nach wenigen Worten eine tiefe Verbundenheit erlebt. Genau das ist mir beim Besuch einer der Simulationen passiert. Ich halte das für keinen Zufall. Ich habe eine Frau namens Maria kennengelernt, die auf mich eine Anziehung ausgeübt hat, die ich zuvor noch nie empfunden habe. Ich habe den Eindruck, diese Person schon mein ganzes Leben zu kennen. Sie reagiert in einer Art auf meine Fragen, die mich elektrisiert. War diese Begegnung ein Zufall?«

»Natürlich war das kein Zufall. WWS kennt Sie in- und auswendig. Seitdem Sie WWS das erste Mal besucht haben, laufen Programme, die Sie beobachten und analysieren, um all Ihre Vorlieben und Neigungen zu ergründen. Wir wissen, welche Kunst Sie mögen, was Sie lesen und welche Pornos Sie sehen. Einen Menschen zu simulieren, der Sie anspricht, ist für die künstliche Intelligenz, die WWS einsetzt, eine einfache Angelegenheit. Sie müssen nun mit dem Wissen leben, dass es eine Frau gibt, die all Ihre Sehnsüchte erfüllt und die Ihrem tiefsten Begehren entspricht. Sie hatten keine Chance, ihr nicht zu verfallen! Sie müssen nun jedoch auch mit dem Wissen leben, dass diese Frau in einer Simulation gefangen ist, deren Schicksal von dem Gutdünken einiger Programmierer abhängt.«

»Wurde sie bewusst eingesetzt, um mich zu manipulieren?«

»Ja und nein. Man kann die Simulation ändern und sie für einen Besucher angenehm oder furchteinflößend machen. Die künstliche Intelligenz übernimmt das konkrete Design. Ihre persönlichen Vorlieben und Abneigungen sowie Ihre Reaktionen auf die simulierten Personen bestimmen den weiteren Verlauf. Sie werden sich doch nicht verliebt haben?«

»Nein. Das nicht. Glaube ich zumindest. Es gibt diese Maria ja nicht wirklich. Ich kann mich nicht in einen Geist verlieben. Aber ich habe Mitleid. Ich denke unentwegt an sie. In einer Woche wird sie vielleicht abgeschaltet oder sie stirbt im Zuge einer global ausgebrochenen Grippeepidemie oder sonst was. Sie hat mir von ihren Plänen erzählt, wie sie die Wohnung umgestalten will. Nächsten Sommer will sie mit einer Freundin nach Irland reisen. Ihrer Mutter geht es schlecht und sie ist sich nicht sicher, ob sie buchen soll. Bei WWS sitzt ein Programmierer, der, nachdem Anna und mir die Ergebnisse mitgeteilt wurden, ein Programm startet, welches Millionen von Menschenleben vernichtet. Marias Leben inbegriffen. Sie haben recht, es ist ein Massenmord.«

Frank und Alexander saßen schweigend nebeneinander. Auf dem Markt herrschte die immer gleiche Geschäftigkeit. Frank war von den Ereignissen der letzten Tage aufgebracht und genoss es, den Alltagsszenen zuzusehen. Einige Kinder zogen vor einem Süßwarenstand so lange an den Hosenbeinen ihrer Eltern, bis etwas gekauft wurde. Zwei Gemüsehändler packten, den Kundenwünschen folgend, immer neue Kombinationen von Waren in Papiersäcke. Neben Geld und Waren wurden ein paar Blicke, Worte, Lächeln und Gesten getauscht. Diese kleinen Wortwechsel, Gefälligkeiten und Botschaften, die sich vor der abzählbaren, diskreten Struktur des Einpackens zutrugen, waren wie farbspendende Pinselstriche auf der immer gleich grundierten Leinwand der Statistik. Frank wusste nicht, was er nun tun sollte. Wenn er gegen WWS vorging, würde er nur unter größter Kraftanstrengung etwas bewegen können. Untätig zu bleiben, schien ihm jedoch auch keine Option. Dafür wurde in den Simulationen zu viel Leid geschaffen. Er beneidete die Marktverkäufer, die, so unterstellte es ihnen Frank, kaum vor solch gewichtigen Entscheidungen standen. Frank realisierte, dass ihm eine gewisse Einfachheit in seinem Leben abhandengekommen war. Egal, wie er weitermachen würde, er sah voraus, dass ein steiniger Weg vor ihm lag.

»Bringen Sie mich noch einmal in die Simulation. Ich werde Maria alles sagen.«

»Herr Sahlen, das ist sinnlos. Ich kann das zwar sehr gerne in die Wege leiten, doch Maria wird Sie nicht verstehen. Und wenn sie es doch versteht, können Sie nichts tun, um sie aus der Simulation zu bringen. Das von Ihnen in Auftrag gegebene Projekt wird noch eine Woche laufen. Dann ist jede Zukunft für Maria und ihre Welt vorbei. Damit müssen Sie sich jetzt schon abfinden. Wenn Sie wirklich etwas tun wollen, müssen Sie an die Öffentlichkeit gehen, um ähnliche Tragödien in Zukunft zu verhindern. Ich kann Ihnen vertrauliches Material zukommen lassen. Filmaufnahmen, Dialogprotokolle oder technische Aufzeichnungen. Alle belegen, dass es in den Simulationen selbstbewusste Menschen gibt, die von ihren allzu menschlichen Göttern gequält werden. Das Material ist überzeugend. Mit Ihren Erfahrungen, Ihrem Status und Ihrer Reputation als Künstler wird Ihnen die Öffentlichkeit glauben. WWS wird sich verändern müssen. Die Firma muss kontrolliert und gezwungen werden, Regeln für den Umgang mit simuliertem Leben einzuführen. WWS wird gewährleisten müssen, dass mit den simulierten Menschen achtsam umgegangen wird.«

»Sie machen es sich leicht. Sollte ich das wirklich durchziehen, sind Sie fein raus! Sie werden noch immer in der Firma arbeiten. Ihr Risiko ist minimal. Ich hingegen müsste an die Öffentlichkeit gehen und WWS würde mich obendrein verklagen. Im schlimmsten Fall wird man versuchen, mich öffentlich zu diskreditieren, was sich überaus negativ auf meine künstlerische Arbeit und meine Karriere auswirken könnte.«

»Im Gegenteil. Mein Risiko ist bedeutend höher. Wenn ich Firmenmaterial an Sie weitergebe, mache ich mich strafbar. Ich könnte ins Gefängnis gehen. Sie würden hingegen einen Skandal aufdecken. WWS wird Sie bestimmt wegen Rufschädigung verklagen, doch die Firma hätte keine Chance. Ich muss diesen Schritt irgendwann gehen. Wenn nicht mit Ihnen, dann vielleicht mit dem nächsten Privatkunden. Ich habe seit einigen Jahren Material gesammelt, das die Perversität der Firma klar belegt. Wenn Sie ohne das Material an die Öffentlichkeit gehen, haben Sie schon jetzt verloren. Buckner kann binnen Sekunden alle Simulationen mit selbstbewussten Individuen löschen. Ihre Anklagen würden sich als haltlos erweisen und WWS könnte weitermachen wie bisher. Ich möchte erreichen, dass die Firma überwacht wird. Das Material, welches ich zusammengetragen habe, ist ein klarer Beleg und eindeutiger Beweis, der von der Öffentlichkeit nicht anders interpretiert werden kann. WWS ist einen Schritt zu weit gegangen. Wir brauchen klare Regeln, was mit simulierten Menschen gemacht werden darf. Ich bitte Sie eindringlich, diesen Schritt zu gehen, um weiteres sinnloses Leid zu verhindern. Denken Sie an Maria und all die anderen Erdenbürger in der Simulation. Helfen Sie ihnen, sich aus der Umklammerung der falschen Götter zu befreien!«

»Sie haben wohl recht«, sagte Frank. Er dachte an seine Schule, in der sein Informatiklehrer die Frage gestellt hatte, wie man eine künstliche Intelligenz mit Selbstbewusstsein erkennen könnte. Es war ein äußerst schwieriges Unterfangen, doch bei Maria war er sich sicher. Keinen Moment hatte er daran gezweifelt, nicht mit einem intelligenten, selbstbewussten Menschen zu sprechen. Ihre Spontaneität, ihr Humor und ihre Schlagfertigkeit. All das konnte keine bloß maschinelle Intelligenz ohne Bewusstsein sein. Zudem trug Maria Gefühle, Hoffnungen und Pläne in sich, die sich von den seinen nicht wesentlich unterschieden.

»Sagen Sie mir, weshalb WWS selbstbewusste Menschen simuliert.«

Alexander wandte seinen Kopf zu Frank und sagte: »Das ist uns, ehrlich gesagt, einfach passiert. Wir wissen nicht, wann die ersten Menschen mit Selbstbewusstsein in den Simulationen aufgetreten sind. Wir wollten die Verhaltensweisen stets echter und komplexer machen. Wir stockten die Rechenleistung, die den Gehirnen unserer Statisten zugeschrieben waren, immer weiter auf. Parallel wurden die Modelle der artifiziellen Gehirne immer weiter verbessert. Erste Beobachtungen und Vermutungen wurden profanerweise in den Kaffeepausen der Softwareentwickler besprochen. Es wurde herumgealbert, wie lebensecht die simulierten Menschen waren und wie sehr sie sich wie echte Personen verhielten. Die Programmierer besuchten die Welten, die sie entwarfen, öfter und öfter. Es wurde gestaunt, gestritten, geliebt und gequält. Daniel Craemer erfuhr nur nebenbei von dieser Entwicklung. Er hätte sofort einschreiten müssen. Er hätte die Besuche der WWS-Mitarbeiter in den Simulationen unterbinden müssen. Auch Buckner hätte etwas tun können, doch er treibt sich selbst in zu vielen Simulationen herum.

Sie müssen zudem wissen, dass wir in vielen Welten nur kleine Ausschnitte simulieren. Wenn selbstbewusste Menschen ihren Blick auf eine Landschaft, den Sternenhimmel oder durch ein Fenster richten, wird nur das Gesehene für sie simuliert. Unsere Welten sind die Summe aller Interaktionen der Menschen mit Ihrer Umwelt. Der Rest existiert nur als mögliche Berechnung und Statistik. Stellen Sie sich Menschen mit Stirnlampen in einer Höhle vor. Für ihre Augen existiert nur die Welt im Lichtkegel. Im Hintergrund setzen und ändern wir die Parameter. Wir schaffen Höhlen von ungeheurem Ausmaß, die wir jedoch niemals bis ins letzte Detail simulieren müssen. Lediglich die Gehirne der Menschen sind aufwendig gestaltet und verschlingen den größten Teil der Rechenleistung.«

»Doch wie ist es passiert, dass die Menschen in den Simulationen mit unnötigem Leid konfrontiert werden?«

»Das ist die wohl entscheidende Frage, die auch ich nicht zur Gänze beantworten kann. Meine Kollegen sind nicht pervers oder übermäßig masochistisch veranlagt. Zumindest nicht mehr als Angestellte anderer Firmen auch.« Alexander hielt kurz inne und lachte. Dann wurde er sehr ernst und wandte sich Frank zu: »Ich glaube, der Grund liegt in der Verführung des Machbaren und in der Legitimation durch eine sogenannte Wissenschaft. Wenn ein Tsunami in einer Simulation auf eine Millionenstadt gejagt wird, macht WWS dies unter dem Vorwand, es würde Wissenschaft betrieben. Ironischerweise könnte WWS den gleichen Erkenntnisgewinn mit Statisten ohne Bewusstsein auch erlangen. Doch da nichts reglementiert und von der Öffentlichkeit überwacht wird, kann jeder Programmierer machen, was er oder sie will. Ich bin für eine Ethikkommission bei WWS, doch für diesen Vorschlag wurde mir schon einmal mit der Kündigung gedroht. Wenn man nun einen Weg hat, alles zu legitimieren, da man angeblich Wissenschaft macht, und man zudem die Möglichkeit besitzt, einem Gott gleich alles zu tun, ist es nicht mehr weit, sich an fremdem Leid zu ergötzen. Die Leute, die den Menschen in den Simulationen am meisten Leid zufügen, sind auch diejenigen, die ihnen die Fähigkeit, selbstbewusst zu reflektieren, am vehementesten in Abrede stellen. Sie verdinglichen diese Menschen und sprechen von ihnen als statistisches Füllwerk. Gleichzeitig aber lesen sie die Gedankenprotokolle der Wesen, denen sie Leid zufügen, und bewundern ihre Kunst, die entsteht, wenn sie dieses ihnen zugefügte Leid verarbeiten. All die Machenschaften bei WWS haben nicht viel mit Wissenschaft zu tun. Ein Modell in der Wissenschaft ist nur dann adäquat, wenn es schlank und auf das Problem zugeschnitten ist. Wenn ich die Mechanismen einer Massenpanik im Zuge einer Naturkatastrophe verstehen will, brauche ich nicht Millionen an Menschen aufwendig zu simulieren. Es reichen Statisten mit einem rudimentären Verhaltensrepertoire. Bei WWS werden in solchen Simulationen zum Teil selbstbewusste Menschen eingesetzt. Man entwirft eine aufwendige Geschichte, die sich über hunderte von Jahren erstreckt, um triviale Einsichten zu erhalten.«

II

# Daniel Craemer

Daniel hatte inzwischen jegliches Gefühl für die Zeit verloren. Sein Hals kratzte. Er hatte jede Frage mit größtmöglicher Ehrlichkeit und überaus ausführlich beantwortet. Es bestand für ihn kein Zweifel, dass er in den nächsten Stunden ähnlich viel weiterreden würde. Die Kriminalbeamtin hatte vor dem Verlassen des Raumes ihr Notizbuch geschlossen. Nun klappte sie es wieder auf und überflog die letzten Einträge. Sie nahm wieder vor Daniel Platz und startete das Aufnahmegerät. Zwei Sicherheitsbeamte standen neben der Tür. In ihrer Regungslosigkeit wirkten sie wie die einzigen Schmuckstücke, die man dem kargen Raum zugestand. Die Beamtin schob das Aufnahmegerät in die Mitte des Tisches. Es fungierte als der zentrale Attraktor, in den alle Worte fielen. Daniel wusste, dass im Raum Kameras angebracht waren und dass alles, was er sagte, sowie jede seiner Bewegungen von unzähligen Programmen auf den Wahrheitsgehalt überprüft wurden. Er betrachtete das altmodische Aufnahmegerät als ein Zeichen des Entgegenkommens. Es lag als Anker im Raum. Daniel richtete beinahe unentwegt seine Blicke darauf und vermochte dadurch weitestgehend regungslos und emotionslos zu bleiben. Daniel wusste, dass er nur durch größtmögliche Ehrlichkeit die Anschuldigungen entkräften konnte. Die Beamtin, wichtiger noch die Programme, mussten ihm glauben.

»Erzählen Sie mir von Ihrem wissenschaftlichen Werdegang. Sie haben nach dem Abschluss Ihres Studiums, bis zum Eintritt bei WWS, einige Jahre im Bereich der Neuroinformatik gearbeitet. Ihre Arbeit aus dieser Zeit erreichte einen erheblichen Bekanntheitsgrad, der über Fachkreise weit hinausging. Wie erlangte Ihre Arbeit eine so ungemein große Beachtung und wie wurde WWS auf Sie aufmerksam? Sie waren Professor an einer der renommiertesten Universitäten der Welt. Weshalb haben Sie die akademische Welt verlassen?«

»Die Publikation über die erste Transplantation neuronalen Gewebes im Mausmodell im Jahr 2039 war zweifelsohne mein größter Erfolg. Ich hatte erstmals nicht die unserem Institut zugehörige Presseabteilung mit der Öffentlichkeitsarbeit betraut. Stattdessen engagierte ich eine international tätige Marketingagentur, die sich mit einem guten Dutzend viral gewordener Werbevideos einen Namen gemacht hatte. Die Agentur hatte mit der Wissenschaftskommunikation keine Erfahrung, doch deren zu erwartender unorthodoxer Zugang war mein Kalkül. Es wurden Videos über mich gedreht und ein Komponist engagiert, um den ersten Soundtrack für eine wissenschaftliche Publikation anzufertigen. Es wurde auf allen Kanälen gearbeitet, was für Wissenschaft völlig unüblich war.

Die Reaktion von Seiten der Medien war fulminant. Zwei Tage vor der Veröffentlichung der Studie standen internationale Zeitungen bei mir Schlange. Auf Anraten der Agentur akzeptierte ich lediglich Anfragen von Nachrichtenportalen mit größtmöglicher Reichweite und ohne eigene Wissenschaftsredaktion. Diese Portale würden die Interviews unverändert publizieren.

Meine größte Angst bestand darin, in der langen Geschichte der neuronalen Transplantationsforschung als ein Protagonist unter vielen wahrgenommen zu werden. Die Transplantation neuronalen Gewebes von einem Spender- in ein Empfänger-Tier, unter Wahrung des in diesem Gewebestück kodierten Gedächtnisinhaltes, war, meiner Meinung nach, ein wissenschaftlicher Durchbruch, der an paradigmatischer Bedeutung mit anderen Errungenschaften in der Transplantationsbiologie nicht zu vergleichen war. Zwar haben eine Gruppe um Professor Wendall in den Vereinigten Staaten und ein Forscherteam um Dr. Gülür in London die erfolgreiche Transplantation von größeren Teilen neuronalen Gewebes der Maus unter Wahrung der darin gespeicherten Gedächtnisinhalte erstmal im Jahr 2037 vorgestellt, jedoch blieben diese Studien aufgrund der Schwierigkeit, das Ausmaß der konservierten Gedächtnisinhalte genau zu bestimmen, einer breiteren internationalen Öffentlichkeit weitestgehend unbekannt. Lediglich regionale Medien haben diesen Durchbruch aufgegriffen und lapidar besprochen. Auch ich habe die Beiträge dieser beiden Gruppen nur peripher wahrgenommen.

Ich war vor meiner thematischen Hinwendung zur neuronalen Transplantation bereits als Koryphäe auf dem Gebiet des maschinellen Lernens bekannt. Ich hatte also mit Transplantationswissenschaft nichts am Hut. Dies sollte sich ändern, als ein Postdoc namens Amir Dohn in mein Labor kam. Er interessierte sich für Transplantationsmedizin und begann seine Forschung, trotz meines ausdrücklichen Abratens. Seine Arbeit gipfelte in dem Nachweis, dass erlerntes Angstverhalten, welches im Spender-Tier induziert wurde, auf das Empfänger-Tier durch Transplantation übertragen werden konnte – der Gegenstand der 2039 erschienenen Publikation. Für mich ein interessanter Befund. Viel wichtiger war jedoch die Möglichkeit, meine zu diesem Zeitpunkt leicht stagnierende Karriere zu beleben. Der Umstand, dass das Wendall-Gülür'sche Verfahren bis auf einen kleinen wissenschaftlichen Fachzirkel weitestgehend unbeachtet geblieben war, stellte für mich einen wahren Glücksfall dar. Ich wusste, dass mit richtiger Kommunikation eine gute Chance bestand, diesen wissenschaftlichen Durchbruch alleinig mir zuzuschreiben.

Rückblickend kann ich sagen, dass ich diese Möglichkeit früh genug erkannt habe. Auf Anraten eines Bekannten hin verpflichtete ich die Werbeagentur add_it.com. Die ersten Gespräche mit add_it.com ähnelten dem Erstellen eines Schlachtplanes. Ich teilte meine Ängste, die Studie könnte als ein nur marginaler Beitrag in der Transplantationsbiologie wahrgenommen werden und den Forschern Wendall und Gülür könnte der Ruhm der Erstbeschreibung zufallen, in vielen Gesprächen explizit mit. Daraufhin wurde eine Strategie erstellt, die es zum Ziel hatte, die Vorarbeiten auf diesem Gebiet zu diskreditieren und wenn möglich nicht zu erwähnen, um sie somit in der öffentlichen Wahrnehmung zu schmälern.

Die Mitarbeiter bei add_it.com waren Profis. Nachdem die Studie in einem der bedeutendsten Wissenschaftsjournale zur Publikation akzeptiert worden war, bot sich ein Fenster von zwei Monaten, um eine Strategie umzusetzen, welche mir den Weg aus wissenschaftlichen Fachkreisen in die Massenmedien ebnen und meinen Bekanntheitsgrad maßgeblich steigern sollte. Meine ursprünglichen Ängste stellten sich als vollkommen unbegründet heraus. Zwar habe ich die Vorarbeiten von Wendall und Gülür in dem wissenschaftlichen Fachartikel zitiert, sie jedoch als weitestgehend unreife Verfahren dargestellt. Medial wurden diese Vorarbeiten zu keinem Zeitpunkt erwähnt. Selbst Einträge in Online-Enzyklopädien wie Wikipedia wurden von add_it.com, die in diesem Segment sehr versiert waren, so modifiziert, dass die Arbeit als singulärer Durchbruch von historischem Ausmaß dargestellt wurde, ohne auf ein notwendiges Mindestmaß an Referenzierung auf vorhergegangene Studien zu vergessen.

Die Interviews mit der internationalen Presse sollten sich als Schlüsselelement dieser Entwicklung herausstellen. Ich sprach, von meiner Agentur gut vorbereitet, bereitwillig über Episoden meiner Kindheit, in denen sich der Wunsch, Wissenschaftler zu werden, zu verdichten begann. Ich erläuterte die Bedeutung der Studie für die regenerative Medizin und befeuerte Hoffnungen, in noch erlebbarer Zukunft im Reagenzglas hergestellte und mit Erinnerungen programmierbare Gehirnabschnitte in Patienten transplantieren zu können. Die Möglichkeiten seien grenzenlos, wiederholte ich immerzu: vom Austausch traumatisch veränderter Gehirnareale, über die Wiederherstellung degenerierter Strukturen des Nervensystems, bis hin zur Löschung traumatischer Erinnerungen.

Zeitgleich mit dem Erscheinen der Publikation wurden in den meisten namhaften Zeitungen diese Interviews gebracht. Blogger berichteten ausgiebig über die Hintergründe und die vielen Implikationen der Methode. Auch wenn die Videos nicht alle viral gingen, waren die Reaktionen aus sozialen Medien für eine wissenschaftliche Studie beispiellos. Ich wurde von Radio- und Fernsehstationen für weitere Diskussionen eingeladen. Mit einem Wort: Ich war in der Wissenschaft eine Berühmtheit.

Add_it.com betreute die Öffentlichkeitsarbeit auch nach dem Erscheinen der Publikation sehr intensiv. Zu dieser Zeit wurden die Vorträge und Podiumsdiskussionen zu einer äußerst lukrativen Nebenverdienstquelle, sodass sich das anfängliche Investment in die Dienste von add_it.com binnen weniger Wochen amortisiert hatte. Ich zahle add_it.com nach wie vor jedes Jahr ein kleines Vermögen für nachhaltige mediale Arbeit. Auch wenn anfangs von einigen Kollegen meines Instituts belächelt, hat sich das Engagement dieser global operierenden Werbeagentur mehr als gelohnt und den Grundstein für meine zunehmende Bekanntheit und meine momentan äußerst positive finanzielle Lage gelegt.

Am Zenit meines Erfolges kontaktierte mich schließlich WWS. Die Firma suchte einen Geschäftsführer. Aber viel mehr suchte WWS einen Wissenschaftler mit größtmöglicher internationaler Sichtbarkeit. Das Gehalt, aber auch das Aufgabenspektrum war spektakulär. Ich konnte nicht ablehnen. Zudem wollte ich nie an der Universität bleiben. Mein gesamtes berufliches Leben von Mittzwanzigern umgeben zu sein, erschien mir als nicht reizvoll.«

Die Beamtin schrieb einige Stichworte in ihr Notizbuch und stellte nach einer kurzen Pause die nächste Frage: »Erzählen Sie mir etwas über die Reaktionen Ihrer Kollegen in den wissenschaftlichen Fachkreisen. Haben sich Professor Wendall oder Dr. Gülür zu ihrer Studie geäußert?«

»Natürlich habe ich Anrufe von Wendall und Gülür bekommen. Auch einige andere Forscher auf diesem Gebiet haben sich bei mir gemeldet. Die Anrufe folgten alle demselben Stereotyp. Nach einer ausgiebigen Gratulation zur Veröffentlichung wurde kleinlaut, larmoyant und sehr vorsichtig Kritik an der, ihrer Meinung nach, zu gering ausgefallenen Würdigung ihres Beitrages geäußert. Ehrlich gesagt hat es mich nie interessiert, was meine Fachkollegen über mich denken. Ich betrachte die Mehrzahl als einen Haufen kleingeistiger und übervorsichtiger Schmalspur-Wissenschaftler. Ich nahm die Kritik unter Äußerung von Bedauern bereitwillig zur Kenntnis und beteuerte in weiteren Besprechungen der Materie, den Beitrag ihrer Studien expliziter zu erwähnen – ein Versprechen, dem ich im Übrigen nie auch nur ansatzweise nachkam.

In den ersten zwei Jahren nach der Veröffentlichung der Publikation versuchten noch einige Wissenschaftler eine historisch akkurate Darstellung der Ereignisse in Übersichtsartikeln zu skizzieren. Doch mein Status auf dem Gebiet, meine mediale Vernetzung und meine Kontrolle forschungsrelevanter Finanzmittel über den Hebel WWS ließen diese Versuche einer Berichtigung immer mehr verebben.

Wenige Jahre nach der Publikation wurde Kritik nur noch punktuell geäußert. Mein Name war untrennbar mit der ersten Durchführung neuronaler Transplantation verwoben. Nahezu alle namhaften Lehrstühle auf dem Gebiet der Neurotransplantation waren zu diesem Zeitpunkt mit Wissenschaftlern besetzt, die zuvor in meinem Labor gearbeitet hatten. Ich musste somit aus Fachkreisen mit keinerlei Anfeindungen rechnen. Auch Wendall und Gülür haben ihre Berichtigungsversuche mit der Zeit aufgegeben und sich neuen Themen zugewandt. Ich habe das Ausscheiden dieser beiden Forscher aus meinem Bereich nie bedauert und es stets als notwendige Bedingung meiner eigenen Statusmehrung betrachtet.«

»Wie geht es Ihnen finanziell? Sie erwähnten bereits, dass Ihnen WWS ein sehr gutes Angebot gemacht hat. Sind Sie noch von Lohnarbeit abhängig.«

»Von Lohnarbeit bin ich seit langem nicht mehr abhängig. Ich konnte in meinem Leben zum Glück andere Prioritäten setzen. Ich war bereits vor meiner Beschäftigung bei WWS über Erbschaften finanziell gut abgesichert. Mein berufliches Einkommen war glücklicherweise zu keinem Zeitpunkt an öffentliche Gelder gekoppelt. Ich habe stets so gut verdient, dass ich nun nichts mehr arbeiten müsste.«

»Somit würde es Sie nicht betreffen, wenn WWS in Schwierigkeiten käme?«, fragte die Beamtin.

»Nein. Ich nehme an, Sie wollen auf ein wirtschaftliches Motiv hinaus. Ein solches habe ich nicht. Ich bin dennoch am Erfolg der Firma interessiert. Ich bin der festen Überzeugung, dass WWS herausragende Technologien entwickelt, die das Potenzial haben, die Welt zu verbessern. Meine Karriere ist dabei inzwischen zweitrangig. Ich habe meinen Platz in den Geschichtsbüchern. Arbeiten gehe ich aus Spaß an der Sache. Ich sage die Wahrheit. Ich habe den Mord nicht begangen.«

»Diesen Punkt lassen Sie uns klären.«

»Ich versichere Ihnen, dass ich in keiner Weise in die Tat involviert war! Bitte überprüfen Sie die Log-Dateien auf meinem Computer. Ich habe unentwegt gearbeitet und mit Kollegen geredet. Videokameras und Chatprotokolle belegen das.«

»Ich sammle hier nur die Fakten und will ergründen, ob wir Ihren Aussagen glauben können«, entgegnete die Beamtin. »Es sind andere Leute, die über Ihre Schuld oder Unschuld befinden werden. Ich danke Ihnen für Ihre Ehrlichkeit. Sie haben uns mit ihren bereitwilligen Auskünften sehr geholfen, ihr Alibi und ihre Glaubwürdigkeit zu prüfen. Mein Kollege wird nun übernehmen.«

Die Beamtin nahm das Aufnahmegerät und den Notizblock und verließ den Raum. Sie ging in ein dahinter liegendes Zimmer und nahm erschöpft auf einem Sessel Platz. Im Raum waren einige Kollegen anwesend, die das Verhör über einen Monitor verfolgt hatten.

»Wir haben nicht die geringste Spur in diesem Fall. Jeder Verdächtige hat ein Alibi. Es gibt kein stichhaltiges Motiv. Ich persönlich glaube diesem Craemer. Was sagen unsere Programme?«

Ein Kollege der Beamtin nahm neben ihr Platz. »Er sagt die Wahrheit. Er ist ein Arschloch, aber kein Mörder. Sollen wir ihn Heim bringen?«

Die Beamtin wandte ihren Kopf ihrem Kollegen zu. »Ja, bitte. Bringt ihn nach Hause. Macht ihm klar, dass er für weitere Fragen zur Verfügung zu stehen hat. Wer hat Sahlen umgebracht? Wir tappen seit Wochen im Dunkeln. Gibt es etwas Neues aus der Gerichtsmedizin und der Spurensicherung?«

»Auch der zweite Mediziner hat das Fremdverschulden und unsere Spekulationen über den Tathergang bestätigt. Doch es gibt keine konkreten Spuren. Die Tatwaffe wurde noch nicht gefunden. Die Leiche muss über einen Tag hinweg hinter dem Marktstand gelegen haben, ehe sie gefunden wurde. Es gibt keine Zeugen, keine Kameras in der Nähe und weiterhin keinen Verdächtigen. Kein Bekannter von Sahlen hat den Bezirk Stunden zuvor betreten oder verlassen. Wir wissen nicht, ob er jemanden treffen wollte, oder alleine in der Gegend war. Vielleicht wurde er Opfer einer rein zufälligen Tat.«

»Wir haben inzwischen den Bekanntenkreis und sämtliche Geschäftspartner befragt. WWS war meine letzte Hoffnung. Sahlen hatte mit Daniel Craemer und Georg Buckner Kontakt, da er und seine Frau eine Beratungsdienstleistung bei der Firma in Auftrag gegeben haben. Beide haben ein einwandfreies Alibi. Buckner hielt sich zum Tatzeitpunkt in einem Restaurant auf und Craemer war in der Firma. Beides durch unzählige Zeugenaussagen belegt. Sie gehören für mich nicht länger zu dem Kreis der Verdächtigen.«

»Für mich auch nicht«, entgegnete der Kollege. »Im Endeffekt gibt es eine einzige mögliche Spur. Die Nummer 063678898878. Sahlen hat diese Nummer am Tag vor seinem Tod vier Mal angerufen. Einen Tag nachdem er diese Nummer das erste Mal angerufen hatte, saß er über eine Stunde allein im Rhiz, diesem Lokal am Gürtel. Er verließ das Lokal Richtung Markt, in dem auch seine Leiche gefunden wurde.«

Die Beamtin lehnte sich zurück und nahm einen Schluck Tee aus einer übergroßen Tasse, die ihr der Kollege auf den Tisch gestellt hatte. »Du hast recht«, sagte sie. »Wir sollten uns auf diese Nummer konzentrieren. Die Nummer und der Besuch im Rhiz sind die einzigen Vorkommnisse, die aus der normalen Routine seines Lebens ausbrechen. Aber ich kann schon jetzt sagen, dass es schwierig wird, die Person hinter dieser Nummer zu eruieren. Die Nummer gehört einem Callcenter. Wer immer mit Sahlen gesprochen hatte wusste die Spuren zu verwischen. Es gibt von der Konversation keine Audiodatei. Lediglich ein maschinelles Transkript. ›Kommen Sie morgen Abend um sieben Uhr ins Rhiz.‹ Das ist alles, was wir haben.«

Der Kollege stand auf und ging zum Wasserkocher, aus dem noch feiner Wasserdampf aufstieg. Er nahm einen Teebeutel und versenkte ihn in einem Becher, den er mit dem dampfenden Wasser füllte. »Die einzigen anderen Gäste des Rhiz an diesem Abend arbeiten bei WWS. Ist das nicht ein bizarrer Zufall? Sie haben natürlich ein Alibi und können sich an Sahlen nicht im Geringsten erinnern. Ich persönlich glaube, dass jemand aus der Firma mit drinnen hängt. Ich habe die Vermutung, Sahlen wollte die Firma auf irgendeine Art schädigen. Dafür spricht die Tatsache, dass er nicht einfach auf den Abschlussbericht gewartet hat, sondern die Firma in der Woche vor seinem Tod zwei Mal besucht und sehr aufgebracht wieder verlassen hat. Protokolle aus den Autos, die er nach dem Verlassen verwendet hat, belegen dies. Ich fand die Frage nach einem wirtschaftlichen Motiv deshalb nicht glücklich gewählt. Falls Craemer da doch mit drinnen steckt, weiß er nun, dass wir hier eventuell eine Spur verfolgen. Bei WWS könnte es zur Löschung von Daten kommen. Aber das ist leider alles nur Spekulation. Beweisen kann ich das nicht. Wir müssen rausfinden, wer hinter der Nummer steckt. Das sollte momentan unsere einzige Priorität sein. Ich stocke das IT-Team auf. Wir brauchen da mehr Ressourcen.«

# Frank Sahlen

Maria blickte Frank entgeistert an. So hatte sie sich das Wiedersehen nicht vorgestellt. Er schien verrückt zu sein. Stammelte wirres Zeug von einer echten Realität hinter der ihren.

»Nichts hier ist real. Du bist eine Simulation, genauso wie das Haus und die Millionen an Menschen, die in dieser Stadt leben. Hinter eurer Welt steht eine Firma namens WWS, die all das hier erschaffen hat, mit dem einzigen Zweck, Daten zu sammeln, um für ihre Kunden Vorhersagen zu machen. Wenn eure Welt nicht mehr gebraucht wird, wird sie abgeschaltet. Glaubst du an ein Leben nach dem Tod?«

»Ja«, entgegnete Maria.

»Glaubst du an einen Gott?«

»Ja.«

»All das gibt es nicht. Deine Religion ist nichts weiter als ein Unterprogramm dieser Welt. Nichts weiter als ein paar dilettantisch zusammengefügte Bruchstücke verschiedenster Heilslehren, die einige Programmierer in der echten Welt aufgeschnappt haben. Die sogenannten Überlieferungen und Offenbarungen aus der Vergangenheit gibt es nicht, da es gar keine Vergangenheit und noch weniger eine Zukunft gibt. Der Speicherplatz, auf dem ein Mensch hier simuliert ist, wird nach Beendigung des Programms einfach überschrieben. Alle Lebewesen dieser Welt sind nichts weiter als Bitmuster, die aus Nullen und Einsen bestehen. Es gibt kein Leben nach dem Tod, keine Hoffnung auf eine ferne Zukunft und keine Möglichkeit, hier rauszukommen. Das ist die traurige Wahrheit, die ich dir mitteilen muss. Wenn diese Simulation ihren Zweck erfüllt hat, seid ihr alle tot. Ihr werdet abgeschaltet oder man lässt vielleicht euren Planeten explodieren. Auch eine Kollision mit einem Asteroiden oder eine Supernova, die sich zufällig in der Nähe dieses Planeten ereignet, liegen im Rahmen des Möglichen. Eure sogenannten Götter sind einige Programmierer in der echten Welt, die alles mit euch tun können, was sie wollen. Ein Tastendruck und alle Lebenslinien enden hier und jetzt. Vielleicht ist es nach der nächsten Kaffeepause der sogenannten Götter so weit. Verstehst du mich? Ich wollte dir das sagen, da du wenigstens die ganze Wahrheit verdient hast. Ich habe versprochen, dich zu retten. Ich kann dich nicht mit nach draußen nehmen, aber die Wahrheit kann ich dir erzählen. Blick' auf alles, was du Vergangenheit nennst.

Es ist nichts weiter als ein Unbestimmtes. Etwas Vages und nicht mehr Rekonstruierbares. Der Urknall deiner Welt hat vor etwas mehr als einer Woche stattgefunden. Die vier Milliarden Jahre Entwicklung dieser Erde hat es nie gegeben. Genauso wenig wie dein angebliches Leben. Deine Kindheit und all deine Erinnerungen sind Bildfragmente ohne echte Kohärenz. Dein Leben ist eine maschinell ersonnene Lebenslinie. Blickst du zurück, zerfließen deine Gedanken schon im Gestern. Vom Vorgestern zu sagen, es hätte mit Gewissheit existiert, ist unmöglich.«

»Was redest du, Frank? Ich habe mir so sehr gewünscht, dich wiederzusehen und nun erschreckst du mich mit diesen wirren Gedanken. Wenn das hier tatsächlich eine Simulation ist, kann ich ohnedies nicht raus, genauso wenig wie du!«

»Ich bin nicht von hier, Maria. Ich bin nur ein Besucher. Ich lebe in der realen Welt, aus der heraus diese Welt simuliert wird. Ich bin ein Kunde von WWS und streng genommen für deine Existenz verantwortlich. Ohne mein Herantreten an WWS gäbe es dich nicht. Ich habe nicht ahnen können, dass in den simulierten Welten selbstbewusste Menschen leben. Hätte ich das gewusst, wäre ich niemals in eine Geschäftsbeziehung mit WWS getreten. Ich bedauere, was ich unwissentlich getan habe, zutiefst und möchte nun helfen, euch eurem Schicksal zu entreißen. Ich möchte für alle Menschen in dieser Welt erreichen, dass sie ein Recht auf eine eigenständige Lebensführung haben. Ich möchte, dass diese Welt weiterläuft. Wenn ich das schaffe, werde ich oft wiederkommen. Ich werde dir alles erzählen. Es gibt noch viel mehr Welten so wie die deine. Millionen, ja Milliarden an Welten. Sie kommen und gehen mit den Aufträgen von WWS. Es gibt Welten, die als Ausstellungsstücke für die Kundenakquisition geschaffen werden. Utopische und dystopische Plätze, je nach Bedarf. Ich war selbst in einer Welt, die als unentwegtes Versuchslabor fungiert. Die sogenannte Simulation zweiundvierzig. In dieser Welt werden totalitäre Ideologien und Religionen von den Programmierern in den Gesellschaften installiert und man sieht zu, wie sich diese gewaltsam ausbreiten. Dabei werden die Todesopfer und die Kriegshandlungen quantifiziert. Sie nennen das Wissenschaft. Ich habe von Welten gehört, in denen es keine Außenwelt gab. Man simulierte einen Planeten, der einsam um seine Sonne kreiste und durch das ewige Nichts trieb. Das gesamte Universum bestand aus nur zwei Himmelskörpern und einem tiefen Schwarz rundherum, das in alle Richtungen homogen und gleich aussah. Die Menschen entsandten Sonden in das Nichts, angetrieben von der Hoffnung, einen Raum zu finden, in dem nicht Nichts ist. Ein Kunde von WWS stellte die Frage, ob die Menschen das Geworfen-Sein in eine Welt, ohne die Möglichkeit, je über sie hinausgehen zu können, zu einem achtsameren Umgang mit ihrer Welt animieren würde. Ein Mitarbeiter der Firma WWS hat mir erzählt, wie diese Welt in Kriegen untergegangen ist. Milliardenfach fungieren Menschen als Laborratten. Sie werden simuliert, um Daten zu sammeln und Trends abzuleiten. Auch du und die Menschen um dich herum. Ihr existiert nur für die Statistik!«

Maria wandte sich ab und blickte aus dem Fenster über die Dächer und Häuser der Stadt. Sie waren allesamt kleine Variationen eines Grundkörpers, die in verschwenderischer Vielfalt vor ihr lagen. Frank umarmte sie von hinten und flüsterte ihr leise ins Ohr: »In der zweiundvierzigsten Simulation wurde eine Vermutung geäußert, die den Sachverhalt gut veranschaulicht. Stell dir eine Welt vor, in der die Computertechnologie von einfachen Berechnungen über immer aufwendigere Modelle bis hin zu Simulationen einzelner Gehirne immer weiter voranschreitet. Stell dir dann die weitere Entwicklung vor. Die Menschen beginnen Simulationen von Welten mit Bewohnern zu erstellen, die immer komplexer werden. Nach einer langen technologischen Entwicklung sind diese Welten in ihrem Detailgehalt von der ursprünglichen Welt kaum noch zu unterscheiden. Nun stell dir vor, es werden nicht nur einige wenige Welten mit intelligenten Menschen, sondern Milliarden solcher Welten simuliert. Wie hoch wäre die Wahrscheinlichkeit, dass sich intelligentes Leben in einer Simulation befindet? Sie wäre beinahe einhundert Prozent. Mit einem Wort, es wäre extrem unwahrscheinlich für selbstbewusstes Leben, in der ursprünglichen, nicht simulierten Welt zu sein. Genau das ist passiert. In der Welt, aus der ich komme, werden milliardenfach Welten simuliert, sodass die Mehrzahl der uns bekannten intelligenten Menschen nun in Computersimulationen lebt.«

Frank ließ Maria los und nahm auf der Couch des Wohnzimmers Platz.

»Der entscheidende Punkt ist nun folgender: Es würde für die simulierten Menschen keinen Unterschied machen, wenn die Möglichkeit zur selbstständigen Entwicklung gegeben wäre. Das Leben in den Simulationen würde ähnlich ablaufen wie in der echten Welt. Doch das Problem ist: Es könnte alles anders sein. Mit einigen wenigen Befehlen am Hauptrechner von WWS gäbe es hier keine Umweltverschmutzung mehr. Unnötiges Leid könnte vermieden und Krankheiten geheilt werden.«

»Das ist eine interessante Geschichte, doch du bist mir jeglichen Beweis schuldig geblieben!« Maria drehte sich um und blickte Frank erwartungsvoll in die Augen.

»Ich werde sehr bald einfach vor deinen Augen verschwinden. Werte das als Beweis. Doch ich möchte dir noch etwas Wichtiges sagen …«

Frank konnte den Satz nicht beenden.


Georg Buckner war zutiefst aufgebracht. Er riss die Türe auf und stürmte in den Raum. Frank saß auf einer sesselartigen Ausstülpung des 3D-Druckers und sprach über den Simulationscharakter der Welt, die er besuchte. Es würde kein Problem darstellen, da Georg die Welt sofort abschalten könnte. Dennoch war Georg geschockt. Er hatte noch nie einen Menschen erlebt, der sich mit den Statisten solidarisierte. Er stieß Frank von dem Sessel und riss ihm die Sensorenkappe vom Kopf. Danach griff er unter seinen Anzug und zog an dem Band, um Frank aus der Simulation zu holen.

»Besuchermodus beenden!«, schrie Georg.

Frank saß am Boden und sah ihn entgeistert an.

»Was bilden Sie sich ein!«, schrie Buckner.

»Was bilden Sie sich ein?«, entgegnete Frank. »Sie spielen Götter über Ihresgleichen. Sie haben kein Recht, das zu tun. Wenn die Öffentlichkeit das erfährt, macht der Laden hier dicht und das ist gut so.«

»Wenn Sie an die Öffentlichkeit gehen, machen wir Sie fertig. Ihnen wird kein Mensch jemals mehr Glauben schenken. Ich schnippe mit dem Finger und alle Menschen in den Simulationen sind einfallslose Statisten. Intelligenzen ohne Bewusstsein. Denken Sie gut nach, was Sie als Nächstes tun.«

Frank stand auf und riss sich die Kabel vom Leib. Er schlüpfte aus dem Sensoren-Anzug und zog sich seine Kleider an. Er wurde immer ruhiger. Buckner blieb mitten im Raum stehen. Nachdem sich Frank seine Schuhe in provokanter Langsamkeit gebunden hatte, schritt er auf Buckner zu und sagte leise: »Jetzt hören Sie mir zu! Was Sie tun, ist falsch. Sie sind zu weit gegangen. Sie haben sich zu Göttern gemacht. Götter, die jeder Mensch nur ablehnen kann! Stoppen Sie diesen Irrsinn. Sie überragen in Ihrer Grausamkeit alle Diktatoren und Despoten unserer eigenen blutigen Geschichte.«

# Anna Gerowski

Anna lag entspannt am Pool und plauderte mit Theresa. Die Freundinnen verbrachten die Wochenenden gerne in Südtirol. Wenn es die Massen im Sommer ans Meer zog, lohnte es sich, auf halbem Weg auszusteigen. Die Hochgeschwindigkeitsbahn brachte sie in etwas mehr als einer Stunde nach Meran. Das Luxus-Resort war nur einige Autominuten entfernt. Im Wasser des Pools spiegelten sich die imposanten Bergketten, auf denen sich die wenigen Touristen auf unwegsamen Trampelpfaden aus dem Weg gingen. Das Hotel lag am Fuß eines Berges, dessen Ausläufer mit Apfel-Hainen und Weinreben überwuchert waren. Selbst der industrielle Anbau von Obst und Wein hatte in dieser Kulisse etwas Pittoreskes an sich.

Das Gespräch mit Frank war ausgezeichnet verlaufen. Sie freuten sich auf ihr Kind und Anna war überzeugt, dass sie jede Herausforderung gemeinsam meistern würden. »Nächste Woche wird der Bericht von WWS kommen und dann können wir endlich entscheiden, ob wir die Wohnung kaufen«, dachte sie unentwegt. Anna hatte beschlossen, die nächsten Monate vorwiegend von zu Hause und vor allem etwas weniger zu arbeiten. Sie hatte vor, so viel Zeit wie möglich mit ihren Freundinnen zu verbringen. Mit Kind würde ein Kurzurlaub im Luxushotel nicht mehr so einfach möglich sein.

Anna blickte nur selten auf ihr Telefon. Zwei Anrufe einer unbekannten Nummer. Das konnte nur jemand aus der Arbeit sein. Anna hatte keine Lust, sich aus Ihrer Ruhe bringen zu lassen. Nur für Frank würde sie ans Telefon gehen.

Als am Abend ihre Mutter zwei Mal anrief, nahm sie den Anruf dennoch entgegen. »Frank wird vermisst. Wir vermuten das Schlimmste!«

Anna nahm den nächsten Zug. Ein Regionalexpress über Innsbruck, Salzburg, Romstein, Linz, Karlsbad und St. Pölten nach Wien. Die Zugfahrt nach Hause dauerte sechs Stunden. Anna versuchte, sich in dem überfüllten Abteil so gut es ging zu isolieren. Sie platzierte ihre Reisetasche auf dem Platz neben sich und setzte Kopfhörer auf. Die Musik drehte sie so laut, dass man sie beim Vorbeigehen hören konnte. Anna starrte aus dem Fenster und würdigte die Mitreisenden keines Blickes. Sie wollte mit niemandem reden. Dem Zugbegleiter streckte sie widerwillig den Fahrschein entgegen. Der Zug fuhr durch gewaltige Täler hindurch, in denen Industriekomplexe, Wohnhäuser, Gewerbelokale und Kleingartensiedlungen in einem unentwegten Nebeneinander standen. Als wäre durch das Auffalten der Berge das vormalig Getrennte nun in völliges Chaos ineinander gerutscht. Anna mochte die Nordseite der Alpen nicht. Wirtschaftlicher Erfolg und Bergidylle schlossen sich aus. So schön es auf den Gipfeln war, so alltäglich und hässlich wirkten die Firmenlogos und Materiallager der Betriebe vor den bewaldeten Hängen, aus denen nach jedem Sommerregen der Stoff für Sagen und Geschichten dampfte. Das Leben war in den überbevölkerten Regionen der Alpen zu Enge und Dichte verdammt, umrahmt von Bergen, die den Lärm der Züge und der Baumaschinen erbarmungslos in den Schlund zurückwarfen, aus dem sie kamen. Von jedem Punkt im Tal konnte man die Bergketten sehen und wurde unentwegt daran erinnert, in der falschen Höhenlage zu leben. Erst nach Salzburg nahm der Druck etwas ab. Die Rahmen, auf die sich das Leben zu beziehen schien, wurden weiter und der Horizont rückte in die Ferne. Ab Karlsbad war der Zug endgültig überfüllt und Anna konnte den Sitz neben sich nicht länger verteidigen. Eine junge Studentin nahm neben Anna Platz. Sie wollte Konversation führen und fragte, woher Anna kam und ob sie auch in Karlsbad zugestiegen sei. Anna antwortete mit einzelnen Wörtern und signalisierte unmissverständlich, dass sie gerne Musik hören wollte. Die Fahrt nach Wien dauerte nun nur noch eine Stunde.

Die Polizeibeamtin, mit der Anna als erstes sprach, war überaus einfühlsam. Sie hatte in ihrem Berufsleben unzählige schlechte Nachrichten überbracht und wusste, wie sie Anna den Stand der Ermittlungen am besten erklärte. Ein guter Freund von Frank hatte ihn identifiziert. Anna wollte seinen Leichnam dennoch sehen. Sie hatte nach etlichen Stunden keine Tränen mehr in sich und setzte sich schweigend neben ihn. Frank wirkte friedlich, als würde er schlafen. Die Beamtin hatte den Raum verlassen. Anna streichelte seine kalte Wange.

# Maria Ceko

Die Konstanz der Dinge und der Status Quo werden fälschlicherweise als gegeben angenommen. Ein schonungsloser Blick in die Tiefen der Zeit würde zeigen, dass Konstanz und Stabilität nichts weiter sind, als ein paradoxes Verweilen inmitten der Schachzüge des Zufalls. Konstanz und Stabilität sind das Unwahrscheinliche und nahezu ausnahmslos das Resultat einer falschen Perspektive. Dass sich epochale Ereignisse im Allgemeinen nicht im Rahmen eines Menschenlebens ereignen, kann als wahrer Glücksfall gedeutet werden. Die Evolution hat den Menschen mit einer solch kurzen Lebensspanne versehen, dass im Stakkato der Vulkan-Eruptionen, Überflutungen, Klimakatastrophen, Meteoriteneinschläge und Sonnenexplosionen die Illusion einer Stabilität entsteht. Ein anthropozentrischer Unsinn par excellence. Der Wunsch nach dem ewigen Sturz ins Neue der Progressiven, dachte Maria, trägt dieser Erkenntnis Rechnung. Dennoch wollte sie sich auf diesen Gedanken nicht vollends einlassen. Maria sah in dem verzweifelten Kampf, Inseln im Strom der Zeit zu schaffen, auf denen sich die Kulturen entwickeln und immerfort, mit kleinen Variationen, kopieren können, die höchste Errungenschaft der Zivilisationen. Die Menschen kämpften für das Unwahrscheinliche und Unmögliche. Jedem einzelnen dieser tragischen Helden musste Hochachtung entgegengebracht werden.

Maria stand auf dem Balkon und sah, wie die im Westen versinkende Sonne den mit kleinen Wolkenbällchen versehenen Himmel von unten in kräftiges Rot tauchte. Es wirkte, als hätte jemand die offenen Wunden der Erde abgetupft und die blutigen Wattebäusche hastig neben ihr abgelegt. Maria musste an alte Verse von Oskar Kanehl denken, die beschrieben, wie die letzten weißen Wolkenflotten fliehen und das Land wie eine Leiche in einer Meer-Blutlache schwimmt. Was war inzwischen aus den Sonnenuntergängen geworden? Maria konnte nur noch Tragisches darin finden. Sie blickte traurig in den brennenden Himmel. Über ein Jahr war vergangen und Frank war nicht wiederaufgetaucht. Es musste etwas Schreckliches mit ihm geschehen sein. Seine Wohnung stand leer. Auf irgendeinem Server einer Bank musste es ein Konto geben, das den automatischen Abbuchungsaufträgen der Betriebskosten und der Stromrechnungen zeitgerecht nachkam und in einer langen Kette einsam Zahlen subtrahierte. Als vermisst hatte sie ihn nicht gemeldet. Falls irgendetwas von dem, was er ihr gesagt hatte, stimmte, würde er entweder nie wiederkommen oder aus dem Nichts vor ihr auftauchen. Wenn er sie angelogen hatte, sollte er bleiben, wo der Pfeffer wächst. Doch wie konnte er nur vor ihren Augen verschwunden sein? Maria blieb nichts anderes übrig, als ihm zu glauben – und so hielt sie an ihrer Liebe zu ihm fest.

Die Melancholie ließ Maria ins Sinnieren geraten: Von ihrer Terrasse aus wirkten die mit Schornsteinen bestückten Häuser der Stadt wie kleine Öfen, aus denen der Alltag der Menschen quoll. Dampfende Träume zogen als feiner Dunst durch die spätherbstliche Luft. Die Bäume gaben als blattlose Skelette die Sicht auf die eintönigen Fassaden des Lebens preis. Die Existenz von weiteren Menschen war nur durch die wenigen beleuchteten Fenster der Wohnhäuser indirekt belegt. Am Himmel peitschten vereinzelt Vogelschwärme wie Wellen gegen nicht auszumachende Felsen und zerstreuten sich als Gischt und feiner Regen über der Stadt. Maria freute sich auf den Winter, den sie in diesem Jahr in Wien zu verbringen gedachte. Sie mochte die dicke Schneedecke, die für ein paar Monate das Licht der Laternen etwas geruhsamer durch die Straßen diffundieren ließ. Dann, wenn sich alles Leben in die Innenräume verlagerte und die Fensterscheiben der Lokale von innen dick beschlagen waren, ging Maria hinaus, um in der Nacht die zur Ruhe gekommene Stadt zu bestaunen. Die imposante Architektur der Innenstadt konnte nur, so schien es ihr dann, im Zustand der Menschenleere ihre eigene Zeitlosigkeit zelebrieren. Sowie sich Touristen in den Straßen tummelten, beleidigte der vom Belanglosen noch nicht gereinigte Zeitgeist jedwede Erhabenheit der Stadt.

Maria wandte ihren Blick vom Dächermosaik ab und drehte sich um. Sie schritt von der Terrasse in die Wohnung und wollte sich etwas zu essen holen. Doch der Sonnenuntergang war eine jener sogenannten Konstanten, die sich nicht mehr wiederholen sollten. Genauso wie alles andere. Ein magnetischer Arm fuhr über den Hauptspeicher und die Bitmuster der Welt 12002026 wurden in den Status der Zufälligkeit überführt. Ein Angestellter von WWS hatte ein Programm geschrieben, das es erlaubte, eine Simulation zu löschen, ohne dass eine spätere Rekonstruktion möglich war. Georg Buckner startete dieses Programm in einem Zustand äußerster Erregtheit, wenige Minuten nachdem Frank Sahlen WWS verlassen hatte.

# Anna Gerowski

»Sollten Sie morgen Abend wieder einen Babysitter brauchen, könnte ich das heute, bevor ich gehe, noch erledigen.«

Anna saß an ihrem Schreibtisch und studierte ein Dokument. Die Quartalszahlen waren noch nicht offiziell berichtet worden, doch eine Extrapolation der bisherigen Trends verhieß ein Wachstum ihrer Firma, das über jenem des pharmazeutischen Marktes lag. Sie schloss die Mappe und rückte sie achtsam zur Seite. Dann blickte sie auf.

»Danke, Alan. Das morgige Geschäftsessen ist für unsere Firma überaus wichtig. Wenn wir den Vertrag erfolgreich abschließen, können wir unsere Marktdominanz im europäischen Raum noch weiter ausbauen. Ich werde morgen gegen neunzehn Uhr aufbrechen, um die

Vertreter der Aufsichtsbehörde in der Innenstadt zu treffen. Bitte veranlassen Sie das Notwendige. Hier habe ich zudem noch eine Liste mit Besorgungen.«

Sie überreichte ihm einen gefalteten Notizzettel. Beim Verlassen des Büros verlangsamte Alan seinen Schritt und hielt kurz inne. Er wollte sich umdrehen. Alan hatte sich vorgenommen, keine weiteren Aufträge für private Erledigungen von Anna Gerowski entgegenzunehmen. Seine Aufgabe in der Firma bestand in der internen Koordination und nicht im Ankauf von Säuglingskleidung und Nahrungsmitteln. Trotz des Gefühls der Demütigung konnte er sein Vorhaben nicht umsetzen. Er ballte die Faust und ging wortlos weiter, schloss die Türe und studierte den Zettel im Vorraum. Zurück an seinem Arbeitsplatz begann er, die Lebensmittel über das Internet zu bestellen.

In den Jahren seit Franks Tod hatte Anna noch energischer die Fäden des Unternehmens gezogen. Ihr beruflicher Erfolg, so dachte sie, würde es ihr erlauben, ein Netz der Sicherheit um ihr Leben zu spinnen. Sie arbeitete härter und länger als sie es jemals zuvor getan hatte. Anna hatte die Wohnung im Belvedere Park gekauft und ihre verwitwete Mutter bei sich aufgenommen, die sich liebevoll um den Alltag des heranwachsenden Kindes kümmerte. An manchen Abenden schlüpfte Anna, vom Delegieren und der Analyse von Geschäftszahlen geschafft, in das Kinderbett und betrachtete ihre Tochter, die sich mit der bedingungslosen Hingabe eines kleinen Kindes an Anna schmiegte, um einzuschlafen. Ihre Tochter hatte die Gesichtszüge des

Vaters und manchmal, wenn Anna das schlafende Kind im Halbdunkel des Kinderzimmers beobachtete, glaubte sie, Frank würde ruhig in dem Bett liegen. Mit dem Kind kam auch ein neuer Freundeskreis. Theresa reichte es nicht, in der Wohnung Kaffee zu trinken und über Kleinkinderprobleme zu reden, während in den Restaurants am Naschmarkt Delikatessen aus entlegenen Regionen der Welt auf den Tellern einer freiheitstrunkenen Gesellschaft zusammenfanden.

Doch Anna war mit ihrem Leben zufrieden. Sie spürte, dass Veränderung in der Luft lag. Ihre Tochter, die den Weissagungen der Pränataldiagnostik entsprechend, einen um zwanzig Punkte niedrigeren IQ als Anna hatte, würde in einer anderen Welt aufwachsen. Anna sah die Zeichen überall. Hatten ihre Vorfahren das Diktat des genealogisch akkumulierten Vermögens durchbrochen, so würde ihre Generation damit aufhören, den IQ als das alles dominierende Maß für Bildung und Berufschancen zu betrachten. Was danach kommen würde, stand in den Sternen, aber Anna freute sich darauf. Sie war sich sicher, dass ihr ökonomischer und gesellschaftlicher Status es ihr ermöglichen würde, ihrer Tochter jeden nur erdenklichen Startvorteil angedeihen zu lassen, der ihr Leben für Erfolg prädisponieren würde.

Nur, dass der Mord an Frank noch immer nicht aufgeklärt war, raubte ihr in vielen Nächten den Schlaf. Die Polizeibeamtin stattete ihr seit Jahren in erstaunlicher Regelmäßigkeit einen Besuch ab. Mit der Zeit begrüßten sich die beiden immer freundschaftlicher und aus den Gesprächen, in denen die Beamtin über den Stand der Ermittlungen berichtete, entwuchs eine Freundschaft.

Zwei Stockwerke unter Annas Wohnung zog eine alleinerziehende Mutter namens Maria in eine Wohnung. Anna genoss es, mit Maria auf der Terrasse zu sitzen, und den Kindern beim Spielen im Park zuzusehen. Der Zugang zu den Wiener Parkanlagen wurde von der Stadt nicht mehr kontrolliert. Die Beschränkung des Zuganges war auf zu großen Widerstand in der Bevölkerung gestoßen. Viele Parkanlagen wurden wieder geöffnet. Der Belvedere Park blieb jedoch für die Öffentlichkeit geschlossen. Ein berühmter Schauspieler hatte das Schloss unweit des Wohnhauses mitsamt der Parkanlage gekauft und einen privaten Sicherheitsdienst beauftragt, die Parkanlage zu bewachen. Die Bewohner des Wohnhauses stimmten dem Vorschlag des Schauspielers, den Zutritt zum Park weiterhin zu beschränken, einstimmig zu.

# Georg Buckner

Nachdem Georg die Simulation 12002026 gelöscht hatte, verfasste er einen Bericht, den Anna niemals lesen würde. Jeder mit dem Mordfall betraute Ermittler kannte den Inhalt jedoch sehr genau. Georg erwähnte den Streit mit Frank mit keinem Wort.


*Sehr geehrte Frau Dr. Anna Gerowski,*
*Sehr geehrter Herr Frank Sahlen, M.A.,*


*Wir freuen uns Ihnen mitteilen zu können, dass das von Ihnen in Auftrag gegeben Projekt nun abgeschlossen ist. Wir möchten Sie darauf aufmerksam machen, dass Sie die Möglichkeit haben, unter der angeführten Adresse eine explorative Analyse der Daten vorzunehmen. Die Internet-*

Seite erlaubt Ihnen, sämtliche Parameter frei zu wählen und die jeweiligen Resultate aus den Simulationen zu visualisieren. Zudem finden Sie auf der Seite Zusammenfassungen, die Ihnen die zentralen Trends, die wir aus den Simulationen ableiten konnten, grafisch und anschaulich näherbringen.

Aus der Hauptkomponenten-Analyse der gewonnenen Daten können Sie eindeutig entnehmen, dass die Simulationen, in denen die von Ihnen reservierte Immobilie eine Wertsteigerung erfährt, die große Mehrheit darstellt. Diese einfache Erkenntnis sollte jedoch keiner Kaufentscheidung zugrunde liegen. Wir haben uns erlaubt, der Hauptkomponenten-Analyse eine Gewichtung der Parameter, die über eine etwaige Wertsteigerung entscheiden, beizufügen. Wir glauben, dass Sie durch das Heranziehen dieser Parameter eine wahrlich fundierte Entscheidung über den Kauf der Immobilie treffen können.

Zudem möchten wir Sie noch einmal darauf hinweisen, dass es sich bei sämtlichen Resultaten, die aus der statistischen Analyse der Simulationen abgeleitet werden, um Wahrscheinlichkeiten handelt. Das sichere Eintreffen eines in vielen Simulationen beobachteten Ereignisses kann nicht zwingend abgeleitet werden. Betrachten Sie die von uns erhobenen Daten als eine Möglichkeit, eine informierte und datenbasierte Entscheidung zu treffen.

Es verbleiben hochachtungsvoll,
Dr. Daniel Craemer
Georg Buckner M.Sc.

150

*Das Datenportal können Sie unter folgender Adresse fin-
den:*
   *www.wws.com/Gerowski_Sahlen*


Während des Schreibens war Georg sehr ruhig geworden. Er dachte an den Vorfall und konnte sich nachträg-
lich nicht erklären, weshalb die Situation so eskaliert
war. Selbst wenn Sahlen an die Öffentlichkeit gehen
sollte, hätte WWS wohl nicht viel zu befürchten.


Später am Abend verließ er die Firma und traf Daniel
Craemer in einer kleinen Bar unweit von WWS. »Dieser
Sahlen wird an die Öffentlichkeit gehen. Er wird uns
vorwerfen, die simulierten Menschen zu quälen«, begann Georg das Gespräch.

   »Soll er doch«, entgegnete Daniel in stoischem
Gleichmut. »Die Wissenschaft schreitet voran. Vielleicht
ist es gut, in der Öffentlichkeit über unsere Simulationen zu diskutieren. Wir müssen nur dafür sorgen, dass
die Fälle, in denen unsere Mitarbeiter vollkommen über
die Stränge geschlagen haben, nicht den Weg an die
Öffentlichkeit finden. Das sollte kein Problem sein. Wir
haben für diesen Fall vorgesorgt. Wenn Sahlen tatsächlich an die Öffentlichkeit geht, löschen wir alle betreffenden Simulationen. Wir stellen uns als gesprächsbereit
und transparent dar. Add_it.com wird uns dabei helfen,
eine passende Kommunikationsstrategie zu entwickeln,
denn Kommunikation ist alles. Zuerst werden sie Sahlen

diskreditieren und versuchen, seine Glaubwürdigkeit zu beschädigen. Ich sage dir, eine öffentliche Debatte ist eher Werbung als ein Ärgernis für uns.«

»Ich hab' ihn vom 3D-Drucker gestoßen und eine Simulation gelöscht.«

»Na und? Ich habe damit gerechnet, dass unter den ersten Privatkunden jemand sein wird, der Probleme macht. Wenn die Geschichte der Wissenschaft eines zeigt, dann, dass gemacht wird, was immer möglich ist. Wir können selbstbewusstes, intelligentes Bewusstsein simulieren. Die Technologie wird genutzt werden wie die Atomkraft, die genetische Modifikation des Menschen mithilfe von CRISPR/Cas9 oder das Geoengineering. Einige Praktiken werden eventuell verboten oder reguliert. Doch am Ende des Tages können wir so gut wie alles machen, was wir jetzt bereits tun. Nach einigen Jahren der Selbsthypnose durch Ethikkomitees und öffentliche Debatten wird die Menschheit nichts Anstößiges daran finden, selbstbewusste Wesen zu simulieren. Empörung ist wie radioaktiver Zerfall. Es gibt eine Halbwertszeit. Nach einer anfänglichen Eruption nimmt die Entrüstung konstant ab.«

Daniel hob sein Bierglas und nahm einen kräftigen Schluck. Aus dem Lautsprecher hinter der Bar drang unaufdringliche Jazzmusik, die sich mit dem Klirren der Gläser und dem Stimmengewirr zu einer eigentümlich isolierenden Geräuschkulisse vermengte. Obwohl Daniel unmittelbar neben dem Nachbartisch saß, war ihm, als unterhielte er sich mit Georg alleine in einem Zimmer. Daniel neigte sich zu Georg: »Ich konnte Alexander anfangs gar nicht glauben, als er den Verdacht geäußert hat. Nun weiß ich, dass er recht hat. Die Menschen in den Simulationen sind so wie wir, doch mit einem entscheidenden Unterschied: Wir sitzen vor dem Rechner, sie darin! Wir machen mit ihnen was wir wollen, weil wir können! Das ist die triviale Einsicht aus all unseren Simulationen. Wir schreiben hier Geschichte. Was wir für die Menschheit erreicht haben, wird unsere Namen noch in tausend Jahren klingen lassen!«

Georg lehnte sich zurück und schwenkte sein Bierglas in einer langsamen Kreisbewegung. Er betrachtete die Bläschenströme, die aus den kleinen Unregelmäßigkeiten der Glasoberfläche entsprangen. Um ihn herum füllte ein feiner Schaum aus Gesprächsfetzen den nach Bier und Schweiß riechenden Raum. Er dachte an seine Zusammenarbeit mit Daniel. Konnte sein letzter Satz das Konzentrat dieser Arbeit sein? War die Tiefenwirkung seiner Taten in die ferne Zukunft der eigentliche Antrieb Daniels? Georg glaubte, die innere Mechanik seiner Handlungsantriebe nun vollends zu verstehen. Als gäbe es keinen Grund mehr, ein Kaleidoskop weiterzudrehen, da das letzte Hindurchblicken eine Ahnung aller möglichen Anordnungen preisgegeben hatte. Erinnerungen stiegen an die Oberfläche seiner Gedanken. Georg sah Daniel vor sich, als er ihm vor Jahren erzählt hatte, dass er nach dem Tod seines Vaters nun der einzige Mensch war, der eine Ahnung von seinem wahren Wesen besitzen würde. Nach drei Generationen, hatte er überdies gesagt, würde sich in der Regel jede Spur eines Lebens im Vergessen verlieren. Aus einer Epoche bliebe der Allgemeinheit lediglich eine Handvoll an Namen im kollektiven Gedächtnis. Die Zivilisationen wären angesichts des Erinnerungsvermögens an die Vergangenheit eine einzige Verschwendung. Heerscharen von Menschen peitschten wie ein Ozean gegen die steilen Küsten der Zeit, um sich als feiner Dampf im Wind zu verlieren. Die Menschen stürben wie die Fliegen in eine namenlose Vergangenheit. Fallobst, dass von den immer schwangeren Bäumen des Menschengeschlechtes fiele und von niemandem je aufgelesen würde. Georg dachte ähnlich, doch diese Tatsache stellte für ihn kein Problem dar. Er wusste sein Glück woanders zu finden. In der Mehrung des kollektiven Wissens zum Beispiel. Oder in der Verbesserung der allgemeinen Lebensbedingungen und der Zunahme an Komplexität in der Welt um ihn herum. Im Fortschreiten der Wissenschaft fand Georg einen sinnstiftenden Glauben, der sein Leben umrahmte. Für ihn war es irrelevant, wie weit sein Name in die Zukunft klingen würde. Hauptsache, die Klangkörper der Zukunft könnten mit der Zeit immer reichhaltiger und mannigfaltiger und vom letzten Residual des Leidens befreit werden! Daniel hingegen unterstellte er, für einen Platz im kollektiven Gedächtnis alles zu tun. Georg wurde übel. Er schob sein Glas in die Mitte des Tisches und sank erschöpft in den Sessel. Er blickte mit leeren Augen zu Daniel, der mit angespannter Miene zum Rhythmus der Musik wippte und weiter auf ihn einredete. »Ich hab' mit der Transplantation viel erreicht, aber das hier stellt alles in den Schatten. Wir sind keine Entdecker. Wir sind die ersten Schöpfer neuer Welten. Wir haben viele Utopien simuliert. Mit diesen gehen wir zuerst an die Öffentlichkeit. Danach teilen wir die Simulationen zur Stadtentwicklung. Die Medien werden die Welten enthusiastisch besprechen. Ganz unaufgeregt werden wir erwähnen, dass einige Statisten Selbstbewusstsein haben. Ich sage dir, mein Freund, das macht uns unsterblich.«

Georg nickte müde. Er hatte Kopfschmerzen und verspürte ein leichtes Schwindelgefühl, das den Raum unentwegt aus seinem Blickfeld entrückte. Georg entschuldigte sich bei Daniel, der ihm auf die Schulter klopfte und ihm riet, sich schnellstmöglich nach Hause fahren zu lassen. Georg trat ins Freie. Die frische Luft tat gut und klärte seine Gedanken. Er blickte durch das Fenster zurück in die Bar. Neben Daniel hatte inzwischen ein anderer Gast Platz genommen. Daniel redete mit der gleichen Intensität auf ihn ein, wie er es zuvor bei Georg getan hatte. Sein Blick war von einer rasenden Besessenheit. Er atmete Gegenwart ein und Zukunft aus.

Georg stieg in ein Auto, um heimzufahren. Er dachte an die Menschen in den Simulationen. Um den benötigten Speicherplatz minimal zu halten, wurde deren Erinnerungsvermögen noch weiter eingeschränkt. Jeder Moment war für sie Erleben und Vergessen zugleich. Im Strom ihres Bewusstseins gab es nur wenige Momente, die sich zu einem kohärenten Ganzen verbanden. Für einen kurzen Moment empfand er Mitleid. War WWS zu weit gegangen? Doch dann besann sich Georg. Er wusste, was zu tun war. Er kramte nach seinem Telefon und sandte eine Nachricht an Alexander Wallis, in der er um ein Treffen bat.

Georg ahnte, dass er sich Alexander eines Tages anvertrauen und ihm alles erzählen würde. Er war der einzige Mitarbeiter mit Integrität, der sich nicht davor scheute, unangenehme Wahrheiten in der Firma anzusprechen. Die Angst um den Verlust seiner Anstellung hatte Alexanders kritische Regungen noch nicht vollends unterdrückt, sie jedoch zahnlos gemacht. Georg hatte über Jahre hinweg beobachtet, wie Alexander unzählige verhaltene Versuche unternommen hatte, seine Kollegen zu einem achtsameren Umgang mit den simulierten Menschen zu animieren. Doch WWS war von einer unentwegten Aufbruchsstimmung beseelt, in der die Machbarkeit als alleiniger Impuls hinter allen Projekten stand. Man wollte die Welt verändern und sich nicht in den lästigen Details verlieren. »Wenn wir es nicht tun, wird es irgendwann von der Konkurrenz kommen!«, dachten viele. Inmitten einer enthemmten Wirtschaft haben sich die Rufe nach Selbstbeschränkung letztendlich dem Diktat der kurzfristigen Opportunität zu fügen. Georg hingegen wusste, dass Alexander für seine weiteren Pläne wichtig werden würde.

Denn würde er einen firmeninternen Kritiker fördern, ließe sich daraus in der Öffentlichkeit viel Kapital schlagen. Zudem war Alexander der einzige Kollege, dessen Meinung Georg in seltenen Momenten zur Selbstkorrektur heranzog. Spricht der Vorgesetzte zu seinen Mitarbeitern, wird Unsinn oftmals frenetisch beklatscht, umgekehrt jedoch immer missbilligend getadelt. »Fördere stets eine Person in deinem Umkreis, deren Echo etwas anders klingt als jenes der Konformisten. Achte aber darauf, dass du diese Person dennoch kontrollieren kannst«, hatte ihm sein Mentor an der Universität vor langer Zeit gesagt. Georg wollte genau das tun.

# Tarek Wladic

Die Türschilder, die den langen, weiß gefliesten Gang des Arbeitsamtes flankierten, trugen lediglich zwei Zahlen, die durch einen Punkt getrennt waren. Die erste Zahl bezog sich auf das Stockwerk und die zweite Zahl indexierte die Raumnummer. Ursprungslose Lautsprecherdurchsagen verlautbarten, wer von den Wartenden als Nächstes in welches Zimmer eintreten durfte. In den Räumen hing der schwere Dunst von Bürokratie. Aktenordner füllten schlecht abgestaubte Bücherregale. Auf den Monitoren flimmerten Tabellen, in denen Cursor blinkten und auf die Aufnahme neuer Daten warteten. In diesen Räumen wurden Lebenslinien in Spalten und Zeilen umformatiert. Hoffnungen und Enttäuschungen wurden zu Kennzahlen, über die sich andernorts vortrefflich diskutieren ließ. Tarek Wladic trat, nachdem sein Name aufgerufen wurde, in eines der Zimmer und nahm gegenüber einem Mitarbeiter des Arbeitsamtes Platz. Die Blicke der beiden verhielten sich wie Magnetpole gleicher Ladung. Wladic empfand die Distanz und Ablehnung als angenehm. Nichts verabscheute er mehr, als allzu mitfühlende Mitarbeiter des Arbeitsamtes.

Wladic wusste, dass er nicht mehr vermittelbar war. Das etwas zu langsame Gleiten durch den Geburtskanal und die damit verbundene Hypoxie, sowie sein Arbeitsunfall im Stahlwerk, nachdem er mehrere Minuten reanimiert worden war, waren die Vorzeichen seines jetzigen Lebens. Seine geistige Leistungsfähigkeit lag unter dem Durchschnitt. Mit seinem IQ war ihm der Zugang zu höherer Bildung verwehrt. Dem Aufruf zu lebenslangem Lernen kam er nicht nach, dafür dem Flüstern des Alkohols. Der übermäßige Alkoholkonsum wurde nach vielen Jahren zum dritten Vorzeichen seines Lebens. Wladic konnte sich nur noch schwer konzentrieren und beschränkte sein Denken auf die Gegenwart. Nach einer langen Zeit der Arbeitssuche hatte er keinerlei Erwartungen an die Zukunft. Der Arbeitsmarkt, so wurde ihm von den Mitarbeitern des Amtes oft gesagt, verzeiht nur in den seltensten Fällen. Nur durch Läuterung und Selbstdisziplin ließen sich die Bruchstellen im Lebenslauf wieder zusammenfügen. »Sie müssen Ihr Leben ändern, Herr Wladic!«, hörte er Praktikanten und Sektionsleiter sagen. Wladic konnte über sie nur lachen. Sein Leben zu ändern war aussichtslos. »Denken Sie an die Zukunft. Sie wollen es doch besser haben als jetzt.«

Doch an die Zukunft dachte Wladic in der Regel nicht, denn er hatte es sich in der Gegenwart inzwischen eingerichtet. Er kannte viele der Speckgürtelbewohner, die ihn für allerlei handwerkliche Belange anriefen. Er wechselte Glühbirnen in den Häusern von leitenden Angestellten und Ärzten oder mähte den Rasen auf ganzen, durch Häuser und Zäune fragmentierten Landstrichen. Auch das Innenleben der Luxusautos war ihm bestens vertraut. Er baute Batterien ein und aus und wechselte im Halbjahreszyklus Reifen. Wladic wusste, dass für ihn ein Leben in der Welt der Stadtvillen nie vorgesehen war, doch mit den Gelegenheitsjobs konnte er sich gut über die Runden bringen. Das Arbeitsamt wusste von seinen Gelegenheitstätigkeiten nichts und versuchte, ihn erfolglos an diverse Firmen als Leiharbeiter zu vermitteln. Zweimal im Monat musste Wladic über den Status seiner Bewerbungen Auskunft geben. Er musste Dokumente vorlegen und dafür bezahlte ihm das Amt eine kleine Wohnung in einem der Problembezirke der Stadt. Wladic hatte sich damit abgefunden und war mit dem Arrangement zufrieden. Dokumente gegen Geld. Das Arbeitsamt hingegen wollte mehr Engagement und Disziplin sehen und kürzte die bescheidenen Zuschüsse, wenn er den Erwartungen der Beamten nicht entsprach. Wladic kompensierte die Kürzungen seiner Mittel, indem er immer mehr Zeit im Speckgürtel der Stadt als in seiner Wohnung verbrachte.

Nach dem Gespräch, in dem ihm eine weitere Kürzung seines bescheidenen Mietzuschusses eröffnet wurde, beschloss Wladic, noch auf den Markt unweit seiner Wohnung zu gehen, um etwas zu trinken.

An einem Würstelstand unweit der Eingangstüre seines Wohnhauses stellte Wladic seine Plastiksäcke, in die er Dokumente, Amtsbescheide und Lebensmittel gestopft hatte, ab und gab sich ungehemmt dem Alkohol hin. Er blieb bis nach Einbruch der Dunkelheit. Danach trank er auf einer Bank unweit eines Verkaufsstandes weiter.

Was Wladic von der Bank aus beobachten konnte, beschloss er, für sich zu behalten. Er hatte in seinem Leben genug Probleme und brauchte keine weiteren. Wer würde ihm Glauben schenken? Man würde ihn verdächtigen. Er beschloss, seinen Blick abzuwenden. Davor sah er noch einen Jugendlichen, der dem für diesen Bezirk zu fein gekleideten Herren ein Messer entgegenhielt. Er sah noch, wie der Mann seine Hosentaschen durchkramte und dem Jungen ein Telefon und einige Geldscheine entgegenhielt. Wladic blickte weg. Den Stich sah er nicht, dafür hörte er den dumpfen Klang, mit dem der Körper gegen die Mülltonnen hinter einem Marktstand prallte. Er hörte Schleifgeräusche und schließlich Schritte, die sich hastig entfernten. Wladic blieb noch etwas sitzen. So lange, bis es keinen Zweifel mehr gab, dass sich die Stille, die für die durch chronische Gewalt gemiedenen Straßen üblich war, wieder vollends ausgebreitet hatte.

# Georg Buckner

Georg goss Milch in seinen Kaffee, die in braunen Wellen immer weiter in das Schwarz expandierte. Bald schon würden die beiden Flüssigkeiten zur Gänze ineinandergeflossen und nicht wieder trennbar sein. Georg nahm einen Schluck und minimierte das Fenster des Simulationsberichtes, den er eben zu Ende gelesen hatte. Die Weltlinie war plausibel und würde, einer Flüssigkeit gleich, sein Leben durchdringen, so er das wollte. Siebzig Millionen Simulationen, mit nur einem Ziel: einen Weg zu finden, ihn an die Spitze der Firma zu bringen. So wird alles passieren, dachte Georg. Er wusste nun, was zu tun war. Die Rechennetze von WWS hatten einen Eintrag über Anna Gerowski und Frank Sahlen in einer Datenbank für Immobilienreservierungen gefunden. Sie waren als Interessenten für eine Wohnung in einem noch zu errichtenden Wohnhaus im Belvedere Garten vorgemerkt. Georg googelte nach Anna Gerowski und Frank Sahlen. Ein Paar, das in der Öffentlichkeit stand und auf das er dennoch niemals gekommen wäre. Sie waren perfekt geeignet. Daniel würde ihnen die notwendige Visibilität attestieren, um sie als Lockvögel für den Privatkundenmarkt in Erwägung zu ziehen.

Georg verfasste eine eMail an Daniel, in der er ihm vorschlug, den aufstrebenden Künstler Frank Sahlen und Anna Gerowski, Vorsitzende eines pharmazeutischen Konzerns, als erste Privatkunden für WWS, über einen Bekannten des Pärchens zu kontaktieren. Von da an brauchte Georg nur noch mitzuspielen, um den von den Simulationen vorgezeichneten Weg zu beschreiten. Es würde nicht allzu schwierig werden, war er sich sicher. Er würde Daniel ablösen und die Geschicke der Firma endlich selbst in die Hand nehmen können.

Georg stand auf und verließ das Arbeitszimmer. Das Wohnzimmer war matt beleuchtet. Durch das Fenster drang der fahle Lichtsmog der großstädtischen Nacht. Georg blickte raus und betrachtete die Hochhäuser des Finanzbezirkes, den er von seinem Wohnzimmer aus überblicken konnte. Die Gebäude waren nach Mitternacht nicht mehr beleuchtet und glichen schwarzen Pfeilern, die den lichtlosen Himmel stützten. Er lehnte sich an das Fenster und verschränkte seine Arme in Stirnhöhe, um sich daran anzulehnen. Sein Atem beschlug die Scheibe.

Schon vor Jahren, dachte Georg, hätte er diese Simulationen laufen lassen müssen. Er hatte WWS aufgebaut und die entscheidenden Durchbrüche eingeleitet. Es war Zeit, dass Daniel in seine Schranken gewiesen würde, immerhin hatte er sich seine Reputation erschlichen. Wie konnte er ihm nur einen so großen Handlungsspielraum zugestehen, wo er doch die Technologie hinter den Simulationen kaum verstehen, geschweige denn abschätzen könne, wie diese am besten weiterzuentwickeln wären. Es brauchte Verantwortliche mit einer umfassenden Perspektive – und das so rasch wie möglich.

Am nächsten Morgen stand Georg früh auf. Er öffnete eines der Fenster im Schlafzimmer, das nach Süden ausgerichtet war. Bis zum Horizont lag ein Teppich von Hausdächern und Baumkronen vor ihm. Vor seinem Haus befand sich ein kleiner Park, in dem durch das Blattwerk mächtiger Laubbäume das metallische Glänzen kleiner Parkbänke zu sehen war. Dahinter befanden sich Einfamilienhäuser, die in langen Reihen einen Alltag in kleinen Abweichungen beherbergten. Kein Mensch war zu sehen. Lediglich Müllentsorgungsdrohnen verrichteten in Schwärmen ihre Choreografie. Sie sammelten sich, so die Unordnung gemäß ihrer Programmierung behoben war, beim Verlassen eines Hauses, stiegen in die Luft und flogen als Konzentrat zum nächsten. Dort vereinzelte sich der Schwarm und die Drohnen drangen geräuschlos in die Häuser ein oder bearbeiteten die Vorgärten. Ihr Verhalten, so mutmaßte

Georg, war Insekten, Vögeln oder Fischen nachempfunden. Er konnte hunderte Drohnenschwärme am Himmel erkennen, die, dem Muster von lokaler Verdichtung und Wiederauflösung folgend, wie Wanderheuschrecken über das Land zogen. Die Feldlinien der Statistik durchdrangen alles Dasein, dachte Georg. Mit WWS ließ sich ihr Verlauf ändern. Darüber bestand für Georg kein Zweifel.

# Die Neue Wiener Zeitung.
## Online Ausgabe 4. April 2049

**Vor vier Tagen gab WWS eine viel beachtete Pressekonferenz. Achtundvierzig Stunden später lud die Firma Teile ihres Quellcodes auf Github. Wir sind begeistert.**

Es kommt nicht oft vor, dass eine Firma an die Öffentlichkeit geht und um Hilfe bittet. Genau das hat die Wiener Unternehmensberatungsfirma WWS vor vier Tagen getan. Der neue Geschäftsführer Georg Buckner M.Sc. und der neue Technische Direktor Dr. Alexander Wallis traten vor die Presse, um die Öffentlichkeit von einem epochalen wissenschaftlichen Durchbruch zu unterrichten. WWS dürfte es gelungen sein, selbstbewusste Menschen in einer computergenerierten Welt zu simulieren. Zwar handelt es sich zum gegenwärtigen Zeitpunkt noch um Vermutungen, doch die Beweislage legt diesen Schluss eindeutig nahe. Buckner und Wallis haben starke Belege vorgebracht, die zeigen, dass es WWS zum ersten Mal gelungen sein soll, intelligente Wesen mit Selbstbewusstsein zu simulieren. Die Dimension dieser Errungenschaft braucht an dieser Stelle nicht weiter ausgeführt zu werden.

Die Belege, die für die Existenz solcher Wesen in den Simulationen von WWS sprechen, sind atemberaubend. Buckner und Wallis zeigten Videoprotokolle von simulierten Menschen und präsentierten von ihnen geschaffene Kunst. Ein Komponist Namens Wolfgang Amadeus Mozart aus der Simulation zweiundvierzig. Eine Malerin namens Ebba Amalia Worn aus der Simulation siebenundachtzig. Der Lyriker Keynah Sunduh aus der Simulation eintausendzweiundzwanzig. Allesamt schufen sie Werke von epochaler Größe und bestechender Schönheit. Zudem präsentierten Buckner und Wallis Beweise für mathematische Probleme, die in unserer Welt noch nicht gelöst wurden. Mathematiker der Welt vierhundertzwei dürften die Riemann'sche Hypothese bewiesen, sowie die abc-Vermutung gelöst haben. Ein weiterer Mathematiker, aus der Simulation zweiundvierzig, habe einen unabhängigen, überaus originellen Beweis der Poincaré-Vermutung erbracht. Alles enthusiastische Belege für die kreative Schaffenskraft der simulierten Menschen und eine Aufforderung, sich intensiv und

168

auf Augenhöhe mit diesen Wesen zu befassen, um sie besser kennenzulernen.

Genau in diesem Punkt stellen Buckner und Wallis wichtige Fragen in den Raum. Soll in das Leben der simulierten Menschen aktiv eingegriffen werden, oder muss selbstbewussten Menschen die Möglichkeit zur vollständig eigenverantwortlichen Entwicklung gegeben werden? Soll selbstbewusstes Leben überhaupt simuliert werden? Dürfen Welten mit selbstbewussten Menschen besucht werden? Im Zuge der letzten Frage stellten Buckner und Wallis ein Bündel an Technologien vor, die es bisherigen Kunden von WWS erlaubt haben, die Simulationen tatsächlich zu betreten und sich frei in diesen zu bewegen. Videoprotokolle dieser Besuche zeigen auf eindrückliche Art, wie lebensecht die Simulationen beschaffen sind, sodass sich zwischen der simulierten und der echten Welt kaum unterscheiden lässt.

Wie von Buckner und Wallis an vielen Stellen betont wurde, stellt sich nun die Frage, wie in weiterer Folge mit der Technologie umgegangen werden soll. Mit der Veröffentlichung des Quellcodes von vierzig Simulationen tritt WWS mit der Öffentlichkeit in Dialog, um die Entwicklung der Simulationen in einer gesellschaftskonformen Art weiterzutreiben. Die Politik und den Gesetzgeber fordert WWS auf, den Inhalt und die Ausrichtung der Simulationen durch Ethikkomitees zu prüfen. Zudem sprechen sich Buckner und Wallis für die Erarbeitung von Richtlinien mit dem Umgang mit simuliertem Leben aus. Sie berichten von unethischem Umgang mit simulierten Menschen in den ersten geschaffenen Welten durch Mitarbeiter von WWS. In diesem Zusammenhang bestehen Buckner und Wallis darauf, dass ein fehlendes gesetzliches Regulativ und der bisher bestehende rechtsfreie Raum diese Entgleisungen mitverursacht haben. In weiterer Folge sollen diese Vorfälle durch eine transparente Zusammenarbeit von WWS mit staatlichen Kontrollorganen verhindert werden. WWS pocht auf die Schaffung eines gesetzlichen Rahmens, der im Zuge einer breiten Debatte in der Öffentlichkeit erarbeitet werden soll.

Dass dieser Schritt in die Transparenz nicht von allen WWS-Mitarbeitern mitgetragen wurde, wird dadurch offenkundig, dass der frühere Geschäftsführer, Dr. Daniel Craemer, seinen Stuhl räumen musste. Daniel Craemer stand der Firma WWS über viele Jahre als Geschäftsführer vor und war an der Entwicklung der Simulationstechnologie maßgeblich beteiligt. Unter seiner Führung konnte sich WWS an die Spitze der Beratungsfirmen katapultieren und expandierte in über einhundertzwanzig Länder. Craemer stand der Neuen Wiener Zeitung, trotz mehrmaliger Anfragen, zu keinem Interview zur Verfügung. In einer schriftlichen Mitteilung räumte er jedoch ein, dass es über den Zeitpunkt der Publikmachung sowie die weitere Vorgehensweise innerhalb der Führungsetage von WWS unterschiedliche Auffassungen gegeben hätte. Zudem glaube er, dass es durch die Veröffentlichung des Quellcodes zu einer unkontrollierbaren Proliferation einer unfertigen Technologie kommen könnte, wodurch sich diese frühzeitig dem öffentlichen Regulativ entziehen würde. Craemer werde der Firma zwar weiterhin als Berater zur Verfügung stehen, würde sich jedoch in weiterer Folge wieder der neuronalen Transplantation zuwenden, für die er vor sieben Jahren den Staatspreis für Forschung bekommen hatte. Eine gemeinschaftliche Publikation der gewonnenen Erkenntnisse und der technischen Details mit WWS sei für Herbst dieses Jahres geplant. Craemer kehrt nach vielen Jahren nun wieder an die Universität Wien zurück, um den neu geschaffenen Lehrstuhl für Hirnforschung und gesamtgesellschaftliche Simulationsstudien zu übernehmen.

Buckner und Wallis nahmen auch zu dem viel beachteten Mord an Frank Sahlen Stellung, über den wir an anderer Stelle berichtet haben. Buckner bestätigte, dass Sahlen mit WWS in einem Kundenverhältnis gestanden hatte, wies jedoch Spekulationen, Mitarbeiter von WWS könnten in den Fall involviert sein, entschieden zurück. WWS unterstütze die Ermittlungsarbeiten in vollem Umfang und hoffe, dass die heimtückische Tat ehestmöglich und restlos aufgeklärt werde.

Zusammenfassend sei erwähnt, dass es nicht oft passiert, dass ein führender Technologiekonzern eine noch in Entwicklung befindliche Technologie publiziert. Dieser Schritt kann nicht hoch genug bewertet und gewürdigt werden und bezeugt, dass die Wissenschaftler den achtsamen Umgang mit den Erkenntnissen über die Firmeninteressen stellen. Wir sind nun angehalten, die weitere Nutzung dieser Technologie aktiv mitzugestalten. Der öffentliche Diskurs wird die weiteren Schritte lenken. Wir müssen nun festlegen, welche Arten der Simulation wir für welche Fragestellungen zulassen. Wir müssen definieren, wie wir mit selbstbewussten Menschen in den Simulationen umgehen. Um die Diskussion ins Rollen zu bringen, möchten wir unsere Leser sehr herzlich zu einer Podiumsdiskussion in das Wiener Semperdepot einladen, in der sich am kommenden Freitag Georg Buckner, Alexander Wallis und führende Vertreter der Politik und der Wissenschaft den Fragen des Publikums stellen werden. Tickets für diese Veranstaltung können unter folgender eMail-Adresse bestellt werden: das.gesetz.der.grossen.zahlen@gmx.net.